HISTOIRE

DU JEUNE

COMTE D'ANGELLI.

I.

Ouvrages nouveaux qui se trouvent chez le même Libraire.

HISTOIRE

DU JEUNE

COMTE D'ANGELLI.

Par P. V.... D. M.,

MEMBRE DE PLUSIEURS ACADÉMIES.

Fabulæ narrari creduntur, historiæ sunt.

TOME PREMIER.

PARIS,

LEROUGE, Libraire, cour du Commerce,
hôtel de Rohan.

M. DCCC. XII.

HISTOIRE

DU JEUNE

COMTE D'ANGELLI.

LETTRE PREMIÈRE.

Le jeune comte d'Angelli au chevalier Fanelli, à Naples.

Florence, 2 mars 1805.

Enfin me voilà hors du territoire du royaume de Naples!... L'arrêt de mon exil est exécuté.... j'ai dit adieu à ma patrie.... Je vais quitter le beau ciel de l'Italie; je suis déjà en route pour la France, où je me propose de chercher une obscure et paisible retraite.

Depuis mon départ de Naples, le noir

Tome I.   1

chagrin m'a suivi par tout; il étoit monté
en croupe avec moi : cela pouvoit-il être
autrement?.... tu connois, mon cher Fanelli, l'étendue de mes malheurs....

Ma fuite de Naples a été si précipitée,
que je n'ai pu te voir et te raconter les détails de la scène horrible qui a eu lieu,
dans le jardin de Rosa, entre Woodford et
moi. Mes ennemis alloient triompher; j'allois être reconnu et arrêté, lorsqu'Aurélio
m'a fait échapper, comme par miracle, de
ce fatal jardin. Une porte de derrière, qui
se trouvoit entr'ouverte, a favorisé notre
fuite. Aurélio a eu la précaution de la fermer à double tour, dès que nous sommes
arrivés dans la rue. Nous avons traversé
plusieurs églises, et par des chemins dé-
tournés, nous sommes enfin parvenus au
couvent de Saint-François, où nous étions
déjà logés. J'ai pris mon porte-feuille et
mon or; Aurélio a sellé précipitamment
nos chevaux, et nous avons couru à toute
bride sur la route de Capoue. Nous avons
voyagé nuit et jour, et, sans accident,

nous sommes arrivés à Aquila ; nous avons ensuite quitté la grande route, pour aller au couvent du padre Francesco, situé sur la frontière de l'Abruzze ultérieure.

Je t'ai entretenu, à Naples, de ce vénérable religieux : tu connois déjà l'excellence de son jugement, la sensibilité de son cœur et sa véritable piété. Cet homme vertueux a versé des larmes amères sur ma destinée, m'a consolé, m'a conseillé de quitter au plus tôt le territoire du royaume de Naples, et m'a donné une lettre de recommandation pour M. Blandini, son intime ami, qui habite Florence depuis plusieurs années.

Malgré ma fatigue et mes chagrins, j'ai quitté le lendemain le vénérable père Francesco, et je suis arrivé dans peu de temps à Florence, chez M. Blandini, où j'ai été parfaitement reçu.

Ce M. Blandini est très-riche, et jouit de la plus haute considération. Autrefois citoyen de Naples, il a été attiré à Florence par un de ses oncles, qui lui a légué une fortune immense ; il aime beaucoup les arts , cultive les sciences avec succès , et protége tous les établissemens qui en favorisent les progrès.

Cet homme rare a mille bontés pour moi. Autrefois il a connu particulièrement mes parens à Naples, il se rappelle avec attendrissement les vertus éminentes de ma mère , et les brillantes qualités de l'esprit et du cœur de mon père. Malgré l'amitié sincère dont il m'honore , il respecte le secret de mes malheurs , et ne néglige rien pour dissiper le noir chagrin qui me dévore.... Regardez, me dit-il souvent, ma maison comme la vôtre ; ordonnez , mais égayez vous !... Il voit avec peine que je me dérobe aux sociétés agréables qu'il rassemble chez lui... que je cherche la solitude.... Mais, mon cher Fanelli ! comment mon âme pourroit-elle goûter quelque plaisir ?... L'infidélité de Rosa la remplit d'amertume.... le souvenir de mon enfant délaissé par sa mère, livré à des soins mercenaires, la déchire sans cesse !...

Tu sais, mon cher ami, combien j'aimai
l'ingrate Rosa, qui me sacrifie à son séducteur Wordfood.... O Fanelli! qui auroit pu
prévoir, la première année de mon mariage, que cette épouse si innocente, si
sensible, si vertueuse, fouleroit aux pieds,
un jour, les nœuds les plus sacrés, les
sermens les plus solennels, et couvriroit
de déshonneur un époux qui l'adoroit!....
Que de souvenirs amers ont été gravés dans
mon âme, le dernier jour que j'ai passé à
Naples !... Quelles scènes horribles ! Oh !
j'aimois à douter encore de mes malheurs ;
mais le voile est aujourd'hui déchiré d'un
bout à l'autre.... la vérité toute nue s'est
offerte à mes yeux, et le rayon d'espérance
qui me soutenoit s'est évanoui. Oh ! mon
ami, que je suis à plaindre !... la source de
ma vie est desséchée ; je n'ai plus qu'à
mourir....

Adieu.

D'ANGELLI.

LETTRE II.

M. Blandini au padre Francesco.

Florence, 8 mai 1805.

Vous m'avez donné, mon vénérable ami, une grande marque d'amitié, en m'adressant le jeune comte d'Augelli ; recevez-en mes sincères remercîmens. Je ferai ce qui dépendra de moi pour lui rendre ma maison agréable.

Ce jeune comte est un fort bel homme ; il a de l'esprit, du jugement, de l'amabilité, mais il est triste : son âme paroît être rongée d'un profond chagrin ; je fais mes efforts pour lui faire oublier ses peines, mais je suis loin d'y réussir. Je l'ai recommandé à mon Anna, qui est toujours d'une gaîté folle ; elle le plaisante ; il sourit quelquefois à ses innocens badinages ; elle se permet de lui dire qu'il a l'air d'un héros de roman malheureux, qu'il pousse des

soupirs douloureux, et que ce n'est pas
bien, à son âge, où l'on doit voir tout en
couleur de rose.... j'aperçois alors une larme
rouler dans l'œil de M. d'Angelli, et je
gagerois que mon Anna a deviné juste.

Quoique j'aie particulièrement connu ses
parens à Naples, je ne me permets point
de l'interroger sur ses chagrins ; ce ne seroit pas cependant par curiosité, mais pour
y apporter quelque remède : s'il est travaillé
d'un amour malheureux, je le plains,
car je sais, par expérience, que cela fait
beaucoup de mal, et que le temps seul
peut guérir de cette cruelle maladie : ses
yeux, souvent rouges et gonflés, décèlent
qu'il a pleuré ; il maigrit à vue d'œil, et je
crains qu'il ne tombe dangereusement malade.

Mon Anna grandit extraordinairement,
mon cher Francesco ; son physique se développe à merveille : c'est une espiègle ;
elle est toujours à chanter ou à rire ; elle a
la beauté et le cœur de sa mère ; elle vous
aime toujours beaucoup, et conserve bien

soigneusement le joli petit reliquaire que
vous lui avez donné, l'an dernier, pour le
jour de sa fête ; elle me demande souvent
si vous viendrez cet automne passer quelques jours avec nous ; si vous voulez me
faire ce plaisir, je vous conseille de vous
munir d'une douzaine de capuchons, car
elle a juré de vous les arracher tous, parce
qu'ils l'empêchent, dit-elle, d'examiner à
son aise la vénérable tête du padre Francesco ; elle n'est pas plus raisonnable ni
plus timide que l'année dernière ; c'est toujours même gaîté, même innocence, et
cela me fait grand plaisir. Je jouis du
calme, en attendant que la tempête arrive ;
alors la pauvre petite aura bien à penser à
d'autres choses qu'aux capuchons du padre
Francesco !... Elle vous baise bien les mains,
vous prévient que si vous ne venez pas
nous voir bientôt, elle ira vous chercher,
parce qu'elle vous aime beaucoup et qu'elle
sait qu'elle fera grand plaisir à son papa.

Adieu, mon vénérable ami ; je vous embrasse.   BLANDINI.

LETTRE III.

M. Blandini au padre Francesco.

Florence, 12 mai 1805.

Monsieur d'Angelli est décidément très-malade, mon révérend père : une fièvre brûlante l'a saisi hier soir ; depuis ce moment, il est dans le délire ; de temps en temps, il a des mouvemens convulsifs. Mon docteur prétend que sa maladie est très-grave, et qu'il y a fort peu de remèdes à faire ; il soupçonne, dans le jeune comte, quelque affection morale profonde ; il en ignore, ainsi que moi, le sujet.

Nous recueillons, avec soin, les phrases sans suite qui lui échappent. Nous tâchons de les lier, de les comparer, pour deviner la cause de son chagrin. Tantôt il adresse les caresses les plus tendres à un enfant ; tantôt ce sont des injures contre une certaine Rosa. Quelquefois il croit se battre avec un Anglais qu'il nomme Woodford, et alors il se

lève, court dans sa chambre à grands pas ;
gesticule, crie, menace, et tombe enfin
dans la convulsion. Son état est extrêmement alarmant.

De la manière dont vous me l'avez recommandé, je présume qu'il vous a raconté ses
peines. Si ce n'est pas sous le sceau de la
confession, dites-moi vite ce dont il s'agit,
pour que je lui donne quelque consolation...

On m'appelle... Je vous quitte un instant ; pardon, padre Francesco....

.... M. d'Angelli vient d'avoir une foiblesse qui a alarmé toute ma maison. Le
médecin, qu'on a été chercher, lui a fait
prendre quelques gouttes de son élixir mi-
raculeux.... il vient de donner quelques si-
gnes de vie ; il commence à se reconnoître,
à parler, mais sa raison est toujours voilée.
J'ai passé demi-heure auprès de lui, et je
lui ai entendu prononcer distinctement ces
mots, *Rosa, Woodford, Fanelli*..... Je
gage que ces trois individus jouent un grand
rôle dans ses chagrins.

Venez, mon cher Francesco, le rappeler à la vie, lui rendre la raison. .... Venez au plus vite, soyez son médecin, puisque vous connaissez la cause de ses maux. .... Son domestique, que j'ai interrogé, me dit qu'il ignore les secrets de son maître : au lieu de me répondre, il pleure.

Je vous envoie une voiture et deux de mes gens, pour vous conduire ici en toute diligence. Partez, je vous en conjure, dès ma lettre reçue. Vous nous obligerez tous. Adieu, mon vénérable ami.

BLANDINI.

LETTRE IV.

Aurélio, à son frère Carolo, à Naples.

Florence, 13 mai 1805.

JE hasarde cette lettre, mon cher frère, j'ignore si elle te parviendra, car on dit que tout est brouillé à Naples, et que les lettres sont interceptées aux postes. Cependant il faut que tu saches que mon maître est dangereusement malade, pour que tu ailles en avertir M. le chevalier Fanelli. M. d'Angelli traînoit depuis long-temps; le chagrin l'a abattu. Il est, depuis deux jours, dans le délire; il a des attaques violentes de convulsion, et malheureusement le médecin de M. Blandini, chez qui nous logeons, ne lui ordonne presque rien.

Lorsqu'il a quelques momens de calme, et que nous sommes seuls, je tâche de lui faire entendre raison : mais il se refuse à toute consolation, et désire la mort. On me

questionne souvent sur la nature de ses chagrins ; mais je n'ai jamais de langue pour les
secrets de mon maître.

Ce matin il étoit assez tranquille, il a un
peu pleuré, mais pas assez selon moi. Malheureusement M. Blandini est entré ; mon
maître s'est contraint pour retenir ses larmes,
et quelques momens après, il est tombé
dans le délire. Je vais tout tenter pour faire
revenir ses pleurs. Je pleurerai avec lui pour
lui faire répandre plus de larmes, et je suis
assuré que cela le soulagera beaucoup. Que
ne ferois-je pas pour lui rendre la santé !....
J'irois jusque dans la lune pour lui chercher un bon remède. Il le mérite bien, car
il me traite plutôt comme son ami, que
comme son domestique.

On attend ici le padre Francesco, ce bon
religieux des Abruzzes, dont je t'ai parlé à
Naples, et qui nous accueillit dans son couvent lorsque mon maître se trouva mal en
route ; il pourra, par ses conseils, préparer
la guérison ; mais M. Fanelli frappera le
coup décisif : il aime beaucoup mon maître ;

il a de l'esprit, il saura le consoler. Vole chez lui, fais-lui lire ma lettre. S'il n'est pas à Naples, va le trouver partout où il sera. Jette-toi à ses genoux, pour le prier de partir au plus vite, afin qu'il vienne rappeler à la vie son meilleur ami.

Embrasse, de ma part, ma sœur et son petit enfant. Ah! si mon maître pouvoit serrer le sien dans ses bras, seulement deux minutes, je crois qu'il seroit guéri.

Adieu, mon cher Carolo. Ton bon frère

AURÉLIO.

LETTRE V.

Le père Francesco à M. Blandini.

Du couvent de Saint-François,
le 17 mai 1805.

Je ne puis, mon cher Blandini, me rendre auprès de M. d'Angelli ; les devoirs de ma place s'y opposent. Ma présence est absolument nécessaire ici. Cet intéressant jeune homme est très-à plaindre..... le récit qu'il m'a fait de ses infortunes, a laissé dans mon âme des souvenirs amers. Si jeune encore !... et si malheureux !... c'est extraordinaire.

Mais que ferois-je auprès de lui ?.. Lui donner la santé ? je ne suis pas médecin.... Calmer son cœur ? ah, mon cher Blandini ! c'est à Dieu qu'il faut s'adresser. Lui seul donne la paix de l'âme, et l'ôte à son gré.... Quel a jeunesse est à plaindre, elle est en proie aux orages des passions; la raison, chez elle, n'a qu'un bien faible empire !... Les

chagrins de M. d'Angelli sont d'une nature
bien au-dessus des consolations humaines !...
Aussi jamais je ne chercherai à le consoler
par le langage de la raison ; je m'adresserai
au ciel, j'éleverai mes mains vers l'Eternel,
et le prierai ardemment de jeter un regard
de bonté sur mon jeune ami, et de faire
parvenir jusqu'à son âme un rayon de cette
paix, de ce calme qui n'émane que du sein
de sa divinité même. Tous les soins hu-
mains, auprès de cet intéressant jeune
homme, seroient impuissans. Laissez agir
la Providence, et pour l'aider, laissez Aurélio seul avec son maître. C'est un honnête
garçon qui aura assez d'esprit pour employer
auprès de M. d'Angelli tous les moyens de
consolation qu'offre l'humanité.

Tout ce que vous me dites de votre aimable enfant m'enchante. Sa gaîté et sa candeur la rendent bien intéressante. Veillez,
ô mon ami ! sur les mouvemens de son
cœur !.... Rappelez-lui souvent qu'il n'est
de vrai bonheur qu'en Dieu, source de
toute félicité. Je ne l'oublie pas dans mes

prières; je fais sans cesse des vœux bien ar-
dens pour son salut et pour le vôtre. Aimez-
moi toujours, mon cher Blandini. Si quelque chose pouvoit encore m'attacher à la
terre, ce seroit vous. Mais comme notre vie
passe avec la rapidité de l'éclair, il y auroit
de la folie à s'unir trop fortement aux choses
d'ici-bas, puisque nous devons les quitter
bientôt et pour toujours.

Adieu, mon ami, le Seigneur soit avec
vous.

F. FRANCESCO.

LETTRE VI.

M. Blandini au padre Francesco.

Vos prières, mon vénérable ami, ont été exaucées. M. d'Angelli est calme depuis hier. Il n'a plus de fièvre, de délire, ni de convulsion ; mais il est d'une grande foiblesse. Il a, dit-on, beaucoup pleuré dans la matinée d'hier, et mon docteur prétend que la crise des larmes l'a guéri. Je viens de passer une heure auprès de lui. Il m'a serré plusieurs fois la main, pour me demander pardon de l'embarras qu'il me donnoit. J'ai rassuré son âme trop reconnoissante. C'est un excellent jeune homme sous tous les rapports, et je commence à l'aimer, autant pour ses qualités personnelles qu'en mémoire de ses respectables parens. Il veut, dit-il, essayer de se lever demain ; et mon Anna, qui est enchantée de le voir tranquille et de

l'entendre raisonner, lui a promis de lui
donner le bras.

Du 20 mai 1805.

Nous sommes tous dans la joie du rétablissement de M. d'Angelli. Malgré sa foiblesse, il s'est levé ce matin, est venu dans
le salon, non sur le bras d'Anna, qu'il a
poliment refusé ; mais sur celui de son fidèle
Aurélio. Il a pris avec nous une tasse de
chocolat; il a été gai quelques instans, il
lui est même échappé quelques jolies saillies en voulant répondre aux innocentes
agaceries de mon Anna. Oh, mon vénérable
ami! comme vous auriez ri d'entendre cette
enfant plaisanter notre jeune ami! Elle lui
a dit des choses spirituelles, sans malice
comme sans prétention ; sa bonté naturelle l'empêche de dépasser la limite de
l'agréable persiflage. Elle est maintenant,
je crois, plus aimable qu'elle ne le sera de
sa vie.

Elle va bientôt atteindre sa quinzième
année. Le physique se développe chez elle,

mais son cœur ne dit encore mot , et j'en
suis ravi. Cependant, comme le dit très-
bien un de nos poètes , il ne faudroit qu'une
étincelle .... et si M. d'Angelli demeuroit
long-temps avec vous, j'aurois peut-être à
craindre qu'elle ne partît de lui.... De-
vrois-je en être fâché ou bien aise ?.... Ce
diable d'Aurélio est presque toujours muet :
vous gardez un silence opiniâtre; je n'ose
interroger M. d'Angelli.... de sorte que
j'ignore si cet intéressant jeune homme est
garçon ou marié.

Les espiégleries d'Anna, en général ,
m'amusent ; mais ses agaceries envers
M. d'Angelli me font quelquefois éprouver une espèce de crainte On diroit, quelques instans, qu'elle y met trop de dessein,
trop de finesse pour un enfant; mais pas
assez pour une demoiselle de son âge, qui
auroit déjà reçu la première impression de
l'amour..... Mon vénérable ami! le cœur
d'une fille de quinze ans est bien près d'é-
clore, surtout dans nos climats, où tout est
précoce..... Je désire vivement le bonheur

de mon Anna, et je serois au désespoir que l'étincelle, dont je vous parlois tout à l'heure, partît d'un objet qui ne pût remplir mes vœux.... Pauvre Anna! que tu serois à plaindre, si ton cœur alloit devenir la proie d'une passion malheureuse!.... Loin de moi de sinistres pressentimens ! ton père ne survivroit pas à ton malheur....

C'est dans le sein de l'amitié, vénérable Francesco, que je dépose mes craintes. Je sais que vous aimez mon Anna, malgré les espiégleries qu'elle vous a faites l'an dernier. Donnez-moi le mot de l'énigme , parlez.... Dois-je, pour son bonheur, l'éloigner du jeune comte d'Angelli ?....

Adieu, mon cher ami, ne m'oubliez pas dans vos ferventes prières.

BLANDINI.

LETTRE VII.

Anna Blandini au padre Francesco.

Florence, 25 mai 1805.

Vous n'avez pas été aimable, padre Francesco, puisque vous n'êtes pas venu ici lorsque M. d'Angelli étoit malade. Vous avez fait beaucoup de peine à papa et à moi. J'avois déjà fait arranger votre chambre de prédilection, et je l'avois tapissée des meilleurs dessins que j'ai faits cet hiver; vous y auriez vu un paysage orné d'un joli couvent, dans le lointain, et d'un religieux en prières, sur le premier plan : mon papa prétend que j'ai voulu faire votre portrait, et cela est vrai. J'aurois bien voulu savoir si vous vous y seriez reconnu.

Je vous aurois chanté la jolie *cavatina* que M. d'Angelli m'a donnée. Vous auriez vu la perruche que le signor Bigoni m'a apportée de l'Inde, qui parle à ravir, mais malheureusement en français. Aussi je lui

apprends bien vite l'italien, pour que tout
le monde puisse entendre ce qu'elle dit, et
je vous annonce qu'elle a d'excellentes dispositions. Vous en jugerez cet automne;
car j'espère qu'alors vous n'aurez pas tant
d'offices à réciter et de bénédictions à donner que dans ces derniers jours de fêtes.

J'ai eu bien de la peine de voir M. d'Angelli malade ; le cœur m'en fait encore mal.
J'aurois donné tous mes bijoux, même ma
perruche, pour le voir bien portant. Il est
bien aimable, et j'aime tant à le voir, que
je crains toujours qu'il ne parte. Il est triste
souvent ; mais je le fais rire quelquefois, et
quand il est un peu gai, je ne trouve personne d'aussi aimable que lui. Il est, je
vous assure, bien différent des autres jeunes
gens qui viennent au logis. Aussi papa l'aime
beaucoup, et qui ne l'aimeroit pas ? il est
si doux, si complaisant, il sourit si agréa-
blement !.... O padre Francesco ! si tous
vos amis lui ressemblent, vous pouvez les
envoyer chez nous, ils seront les bien-ve-
nus ; mais quand bien même ils seroient

aussi aimables , je crois que je donnerois toujours la préférence à M. d'Angelli.

Lorsqu'il entre dans l'appartement, ou qu'il me regarde , je sens un je ne sais quoi qui me met mal à l'aise. Mon cœur palpite quelquefois comme si j'avois peur. Cependant je ne sais d'où cela peut venir ; car il ne m'inspire aucune crainte. Je voulois, l'autre jour, le demander à papa, mais j'en perdis l'idée par les cris que faisoit ma perruche, parce qu'Azor étoit entré dans ma chambre , et qu'il flairoit le pied de son arbre.

A propos, vous ne savez pas que mon serin à collier noir est mort, il y a un mois ? Vous vous rappelez qu'il chantoit à ravir Je l'ai pleuré, je vous assure ; pour me consoler, papa m'en a donné un autre bien beau ; mais ce n'est pas la même chose que mon collier noir, qui venoit manger dans ma bouche, chanter sur mon doigt. Et puis avant que j'aie élevé le nouveau, il y en a pour plusieurs mois. J'attendrai cependant avec plus de patience , le temps où il sera élevé, parce que j'ai maintenant la jolie perruche qui m'amuse beaucoup.

Adieu, padre Francesco, souvenez-vous que si vous ne venez pas nous voir bientôt, je me brouille avec vous tout de bon.

Je vais faire lire ma lettre à papa; il voudra peut-être y ajouter quelque chose pour son compte. Quoi qu'il puisse vous dire de l'amitié qu'il a pour vous, je vous jure que je vous chéris autant qu'il peut vous aimer. Adieu, padre Francesco.

ANNA BLANDINI.

M. Blandini au padre Francesco.

J'AJOUTE un mot à la lettre de mon Anna pour vous apprendre que M. d'Angelli se rétablit de jour en jour. Il commence à se promener, je vais l'engager à aller passer quelque temps à ma maison de plaisance, et je resterai ici avec ma fille. Lorsque vous aurez lu la lettre de mon Anna, je suis assuré que vous approuverez mon projet.

Voyez, mon vénérable ami, comment

cette enfant fait, sans qu'elle s'en doute, une peinture naïve de l'état de son cœur! Elle est au bord du précipice, j'espère que je l'en préserverai. La prudence me commande d'éloigner d'elle M. d'Angelli, et au plus vite : je vais engager notre ami à partir ce soir pour ma maison de campagne. Je vous avouerai franchement que je l'estime assez pour désirer de le voir mon gendre.... Mais est-il libre?..... c'est ce que j'ignore. Apprenez-le moi donc. Comment dois-je me conduire?.... Votre réponse et vos conseils me parviendront dans l'intervalle, ensuite je me déciderai suivant les circonstances. Adieu, padre Francesco.

BLANDINI.

LETTRE VIII.

Le comte d'Angelli au chevalier Fanelli à Naples.

De la maison de plaisance de M. Blandini,
le 25 mai 1805.

JE t'écris, mon cher ami, sous le couvert du frère d'Aurélio, pour ne point te compromettre. Je te prie d'attendre pour me répondre, que je t'aie donné une adresse fixe; car je serois désolé que tes lettres fussent perdues pour moi.

Je sais qu'Aurélio t'a fait instruire de la maladie que je viens d'essuyer. Je t'annonce que je vais beaucoup mieux.

J'habite la maison de M. Blandini depuis quelques jours. L'air pur qu'on y respire, rétablira sans doute ma santé. Cependant je porte toujours dans mon sein le trait empoisonné qui l'a déchiré. Mon physique pourra mieux aller; mais mon âme sera sans cesse remplie d'amertume. Le temps, dit-on, est

un grand consolateur; en attendant son secours, la variété des objets dissipe un peu
mon chagrin et suspend ma douleur.

La maison de plaisance de M. Blandini
est superbe. On diroit que les fées y ont tout
fait, tout ordonné, tout créé; figure-toi
un palais de la plus belle architecture,
orné d'une colonnade de marbre de diverses couleurs, et de statues antiques et
modernes du plus beau caractère, dont
plusieurs sont en bronze, et les autres en
marbre de Paros!... L'ensemble de ce palais présente un coup d'œil magnifique ;
son intérieur est d'une richesse qui étonne,
et d'une commodité qui ne laisse rien à désirer; on n'y voit que marbre, peinture,
dorure et sculpture : l'œil y est trompé sans
cesse par la magie de l'optique : on diroit
voir une file de beaux appartemens d'un
demi-mille de longueur. Lorsque les fenêtres sont ouvertes, les sites variés de la
campagne viennent se peindre dans des glaces, artistement placées, qui répètent plusieurs fois les mêmes objets, et deviennent

toutes des tableaux de paysage de la plus grande richesse.

Les eaux, si utiles dans ce climat pour la santé, coulent partout avec rapidité. Chaque appartement a sa fontaine, son bain et sa cascade; la salle à manger est entourée d'un ruisseau d'eau limpide, coupé par des ponts élégans, et bordé d'une balustrade en fer doré, d'un goût et d'un dessin élégant.

La bibliothèque est riche en belles éditions et en manuscrits; tout y est dans le meilleur ordre. Les poètes, les historiens, les philosophes, les voyageurs, les orateurs, y sont classés par lettres alphabétiques; c'est M. Blandini qui en a divisé les rayons. J'y ai admiré un manuscrit du Dante, corrigé et recorrigé par lui-même. Comme on jouit, mon cher Fanelli, lorsqu'on voit à nu la première pensée d'un auteur, et la peine qu'il a prise ensuite pour la polir et l'amener peu à peu à sa perfection! Si l'on savoit combien il en coûte de faire un ouvrage, même médiocre, on seroit bien disposé à mépriser ces critiques outrés qui s'exaspèrent à la vue d'une imperfection légère, d'un mot peu sonore dans un vers; on diroit qu'ils sont comme ces eunuques qui, ne pouvant rien produire, sont jaloux de la fécondité des autres, et cherchent à les dégoûter des jouissances qui leur sont interdites.

La galerie de peinture renferme des chefs-d'œuvres des plus grands maîtres de toutes les écoles : on a besoin de plusieurs jours pour la parcourir avec quelque attention. Tu sais, mon cher Fanelli, combien je suis rempli d'enthousiasme pour les beaux tableaux et les dessins rares; aussi, dès que je reviens de la promenade, c'est dans cette galerie que je porte mes pas; là, assis sur un gradin roulant, je parcours les divers chefs-d'œuvres de toutes les écoles avec un plaisir toujours nouveau.

L'école française présente quelques beaux morceaux; mais, en général, son coloris est trivial, et sa touche maniérée : cette école n'est que la fille de toutes les autres;

elle n'a aucun caractère qui lui soit propre; cependant elle a produit de grands maîtres, comme le Poussin, Claude le Lorrain, et le Sueur, qui feront l'admiration de la postérité; mais ces peintres n'ont puisé leur talent que dans les chefs-d'œuvres qu'ils ont vus en Italie, où presque tous ont été élevés.

Aujourd'hui David, Guérin, Girodet, Gérard, Gros, Duffaut, et plusieurs autres peintres, paroissent avoir assez de génie pour imprimer à l'école française un caractère de perfection et d'originalité qui la délivrera de cette *manière* qu'elle avoit hérité des Vouët et des Boucher. Aidée et inspirée par les grands modèles de toute espèce, que lui offre le *Muséum Napoléon*, cette école ne peut que marcher maintenant à grands pas vers le *maximum* de la perfection, et surpasser, dans la suite, toutes les écoles connues.

Quoiqu'en général, les sujets de l'école flamande soient ignobles, j'aime cependant les tableaux des peintres flamands; l'esprit

de leur touche et le brillant de leur coloris
me font plaisir. P.-P. Rubens, et Vandick
surtout, ont laissé des tableaux qui feront
l'admiration de tous les âges.

L'école hollandaise compte dans son sein
des peintres généralement estimés, comme
Gérard Dow, Mieris et autres : le fini pré-
cieux de leurs ouvrages m'étonne, prouve
leur patience, et leur génie froid semble
tenir du climat de leur pays.

Mais dans l'école d'Italie, rien ne sent
la lampe; les traces du métier, de la patience s'évanouissent : on n'y voit que sentiment, que grandeur. L'immortel Raphaël
d'Urbin, l'inimitable Corrège et l'étonnant
Dominicain seront à jamais le modèle des
artistes à venir, parce qu'ils sont les peintres de la belle nature.

J'admirois hier un tableau de Raphaël;
c'est la présentation du Sauveur au temple :
la tête de la Vierge est sublime ; on y voit
à-la-fois la candeur, la modestie, les graces
divines et humaines. L'enfant Jésus est
d'une beauté céleste; le vieillard Siméon

est d'un naturel étonnant ; son expression est si grande, si bien sentie, qu'on croit l'entendre entonner avec enthousiasme son *Nunc dimittis :* les assistans, les accessoires, tout, jusqu'aux acolytes qui tiennent les flambeaux, sont d'une vérité surprenante et d'un goût exquis ; voilà, mon cher Fanelli, le peintre du beau idéal. Le Corrége a peut-être plus de grace que lui ; son coloris est moins laqueux, plus naturel, plus vrai, plus suave, et ses contours moins prononcés, moins durs, plus coulans, d'un plus grand goût.... mais ses conceptions, ses ordonnances, ses compositions, sont loin, à mon avis, de la richesse et du sublime de celles de Raphaël.

Et le Dominique Zampieri, qui a servi long-temps de plastron aux railleries des élèves des Carraches.... ah ! mon ami, comme le peintre a prouvé qu'avec du bon sens, de l'opiniâtreté au travail, et de la patience, on pouvoit, sans un génie bien prononcé, parvenir au plus haut degré de l'art !... J'ai vu plusieurs compositions de ce

2.

maître soutenir avantageusement la comparaison avec les chefs-d'œuvres de ses rivaux. Quel tableau dans l'univers comparera-t-on à sa communion de Saint-Jérome?... c'est peut-être le plus beau du monde.

Je comparois ce matin un tableau du Dominicain avec une Vierge du Corrège; si j'écrivois ceci à un demi-connoisseur, il commenceroit par rire de moi, tant le préjugé est en faveur du peintre de Modène: ces deux ouvrages étoient à côté l'un de l'autre.... oui, me disois-je à moi-même, le Corrège est, à la vérité, plein de grace; son pinceau est sublime.... mais le Dominicain dessine et compose mieux : le premier peint des figures célestes avec des incorrections, et l'autre des hommes avec toutes leurs beautés.

Et le Titien !... les Veronnèse.... les Carraches, fondateurs de l'école lombarde! je me tais.... avec mon goût décidé pour la peinture, je sens que j'irois trop loin; je ne veux pas faire ici un traité de cet art su-

blime ; je ne finirois pas même de long-
temps , si je voulois te détailler les beautés
que renferme la galerie de M. Blandini.

Sors avec moi , chez Fanelli , de ce palais enchanté , viens parcourir le parc , les
jardins qui l'entourent, ornés de statues,
de cascades , de bosquets, d'arbustes fleu-
ris , et d'allées de citronniers ; viens admirer avec moi les fleurs de toute espèce ,
dont le parfum embaume l'air, et dont l'é-
mail varié charme les yeux : une terrasse,
qui domine et borde presque la rivière de
l'Arno, offre une perspective majestueuse ;
de là , l'œil embrasse à-la-fois des champs
cultivés , des prairies immenses arrosées
par le cours tortueux de l'Arno, des palais
somptueux et d'humbles chaumières ; c'est
sur cette terrasse qu'on va le soir respirer
le frais ; plus loin , est un parterre cultivé
par les délicates mains de l'intéressante
Anna, la fille unique de M. Blandini ; on
y voit des fleurs de toutes les saisons, surtout des œillets de la plus grande beauté :
une serre, qui borde le mur du nord, ren-

ferme des plantes exotiques extrêmement curieuses, l'ananas y prospère, y mûrit comme dans l'Amérique : tout y est numéroté, étiqueté, et cet arrangement est l'ouvrage d'Anna.

Hier soir je prenois le frais dans ce parterre; j'admirois les grands rubans parsemés de fleurs de toute couleur, bordés de gazon de Mahon, et cette variété de plans, où je retrouvois l'excellent goût d'Anna, lorsqu'un concert vient frapper mon oreille; c'étoit les enfans des fermiers et les domestiques du château qui, réunis sur la terrasse, s'amusoient en prenant le frais; tantôt c'étoit une *cavatina* accompagnée par la guitare et la mandoline, tantôt des duos, et des morceaux d'ensemble du plus grand effet : ces chants faisoient place à des jeux innocens : le concert reprenoit ensuite, et les amusemens en été durent ordinairement jusqu'à ce que la cloche du château sonne l'heure de la retraite; alors chacun va prendre son gîte, et se livrer au repos, pour reprendre le lendemain les travaux avec plus de vigueur.

Qu'ils sont heureux, ces bonnes gens! me disois-je, rien ne trouble leur félicité. Etrangers aux passions tumultueuses de l'ambition, de l'orgueil, ils jouissent paisiblement, dans la dernière médiocrité, des plaisirs purs de la vie. L'amour!.... l'amour seul peut troubler quelquefois la paix de leur âme, mais presqu'aussitôt aimés qu'amoureux, ils ne soupirent pas long-temps ; ils s'unissent bientôt, parce que les convenances et l'intérêt ne règlent pas leurs mariages. Le travail fait toute leur richesse, et le pain qu'ils font du grain qu'ils ont cueilli, leur paroît plus savoureux que celui que procure la fortune. Oh! que j'envie leur sort, mon cher Fanelli!.... Rarement on trouve chez eux des *Woodford,* et jamais des *Rosa!*... Eh quoi! toujours des idées sinistres !.... Non !.... Je veux éloigner de moi ces images de tristesse, de honte et de douleur. Je ne veux désormais m'occuper que de la félicité de ces enfans de la nature qui m'entourent, et des plaisirs champêtres. Loin de moi le tumulte des villes, les honneurs, les plaisirs et les grandeurs des cours. Ce sont des roses parsemées de trop d'épines. Le vulgaire n'aperçoit de loin que le brillant de ces fleurs, auxquelles il prête des parfums délicieux ; mais nous qui les cueillons quelquefois, nous ne savons que trop combien leur tige est épineuse !...

Rappelle-toi, Fanelli, que j'ai confié mon tendre enfant à ton amitié. Veille sans cesse sur lui ; sois, pour quelques instans, son père.

Adieu.

D'Ancelli.

LETTRE IX.

Le Père Francesco au comte d'Angelli.

Du couvent de Saint-François,
le 29 mai 1805.

La main du Seigneur s'est appesantie sur vous, mon cher comte. Vous avez été bien malade; j'en ai eu beaucoup de chagrin. Je me réjouis du rétablissement de votre santé; j'en remercie le ciel, et le prie de vous donner la paix de l'âme.

On a eu toute espèce d'attentions pour vous dans la maison de M. Blandini. Vous y êtes aimé et considéré. La petite Anna vous a plaisanté quelquefois sur votre tristesse, et vous avez ri de ses innocens badinages. Son cœur neuf n'a vu en vous qu'un être souffrant; elle a cherché à vous égayer et à vous faire oublier vos malheurs.

Mais, quand on est comme vous, mon cher ami, jeune, aimable et bien fait, et qu'on se trouve auprès d'une demoiselle de

quinze ans, innocente et sensible, on doit
bien se tenir sur ses gardes. Cette Anna
si ingénue, qui ignore votre mariage avec
Rosa de Luzzi, pourroit bien s'attacher à
vous, malgré même les précautions que
vous pourriez prendre pour l'en empêcher...
Alors je vous laisse à calculer le tort que
vous causeriez à cette aimable enfant, en
la rendant victime d'une passion malheureuse, et les obstacles que vous apporteriez
aux projets de son estimable père, qui ne
respire que pour la félicité de sa fille... Il
en est encore temps... Quittez, je vous prie,
la maison de M. Blandini, dès que votre
santé pourra vous le permettre. La reconnoissance et l'honneur vous en font un devoir. N'allez pas ajouter à vos chagrins celui
d'être la cause du malheur d'une famille qui
vous a reçu dans son sein avec la plus grande
cordialité. Je sais que vous ne serez jamais
assez lâche pour chercher à séduire cette innocente Anna...; mais partez..., je vous en
prie, au nom de votre enfant... de vos malheurs... Vous êtes père; mettez-vous à la

place de M. Blandini , et je laisse à votre délicatesse le soin de vous tracer la conduite
que vous devez tenir. C'est vous en dire
assez.

Je prie le Seigneur de vous bénir.

F. FRANCESCO.

LETTRE X.

Le comte d'Angelli au père Francesco.

Florence, le 31 mai 1805.

JE pars demain pour Milan , mon révérend Père. Votre lettre , que j'ai reçue hier
soir, a ranimé toutes mes forces physiques.
Malgré leur foiblesse, je me sens capable
de fuir jusqu'au bout du monde, d'affronter mille morts , pour préserver du plus
grand des malheurs la fille de mon bienfaiteur , de mon ami.

Depuis ma convalescence , j'avois pres-
senti ce que vous me dites, et j'avois déjà
résolu de partir au plutôt de Florence.

Quoiqu'absorbé par le chagrin, j'ai aperçu quelques indices de la sensibilité d'Anna. J'ai tremblé plusieurs fois qu'elle ne me fît, malgré moi, le don de son cœur. Je l'ai senti ce danger, mon vénérable ami. Anna, la belle, la sensible fille de M. Blandini, est comme un papillon qui voltige autour d'une vive lumière, et qui va se brûler, si l'on ne l'éloigne au plutôt de la flamme qui l'attire malgré elle. O ciel! moi époux et père, je serois la cause d'un tel malheur!... plutôt mille morts... La fuite, mon ami, la fuite.... Je suis encore innocent; demain, peut-être, je serois criminel.

Je viens de faire part de mon projet de voyage à M. Blandini. Il m'a regardé en me serrant la main; une larme est venue mouiller sa paupière. Il a lu dans mon ame, et après une courte réflexion, il m'a dit: vous voulez donc nous quitter?.... c'est avec regret que je vois votre résolution. Je n'ai jamais osé vous faire des questions sur vos malheurs. Je sais respecter le secret de mes amis, et j'attendois que vous eussiez assez

de confiance en moi pour m'en instruire vous-
même ... Mon Anna va prendre ses quinze
ans. Elle est née sensible... La voilà bientôt
dans la crise où les passions vont s'emparer
de son cœur, et lui donner une nouvelle
vie.... Je vous estime beaucoup.... Nos fa-
milles s'aiment et se connoissent depuis
long-temps.... J'aurois été....bien flatté de....
mais la chose est-elle possible?....

Je l'ai compris à demi-mot. Oh non, mon
ami! lui ai-je franchement répondu. Des
liens solennels que j'abhorre, mais sacrés à
mes yeux, mettent une barrière insurmontable entre Anna et moi.... Il est temps que
je quitte Florence, pour le bonheur de votre fille et peut-être pour ma propre tranquillité....Voyez en moi l'homme de l'univers le plus à plaindre!.....Voyez un époux
forcé de mépriser sa femme!... un père tendre obligé d'abandonner son fils à des mains
étrangères! un homme sans patrie, sans
asile, arraché à ses parens qui sont eux-
mêmes dispersés!..... Alors les sanglots ont
suffoqué ma voix. M. Blandini m'a serré dans

ses bras, et j'ai vu toute l'émotion de son
ame.

Dans ce moment même, Anna, l'intéressante Anna, est entrée dans le cabinet de son
père avec sa perruche sur le poing. Ecoute,
papa, a-t-elle dit, vois comme elle commence à parler italien ... Son père l'a em-
brassée, et lui a fait signe de se retirer. Oh,
papa ! a-t-elle repris, comme M. d'Angelli
est ému ! est-il encore malade ? Elle s'est ap-
prochée de moi, m'a pris la main, et m'a dit :
Je n'aime pas à vous voir dans la tristesse...
vous me faites mal là (en mettant le doigt
sur son cœur). Je l'ai remerciée, rassurée ;
son père l'a congédiée. Elle est sortie à regret, en me jetant un coup d'œil, où j'ai
craint, d'abord, de voir plus que de la pitié....

Je suis ensuite allé, avec M. Blandini,
chez l'ambassadeur de France, qui a ordonné sur l'heure l'expédition de mes passeports. Je pars irrévocablement demain
pour Milan, de la maison de campagne
même de M. Blandini. Je viens de faire mes

tendres adieux à mon bienfaiteur, et je lui
ai promis de lui écrire l'histoire de mes malheurs, dès que je serois arrivé dans le
royaume d'Italie, où je me propose de séjourner jusqu'à ce que mes forces me permettent de traverser la Savoie et de me rendre en France.

Recevez, mon vénérable ami, mes sincères remercimens pour m'avoir fait connoître l'estimable M. Blandini, que je porterai
éternellement dans mon sein. J'espère que
le cœur d'Anna demeurera calme. Je la laisse
aux soins vigilans de son père, et la recommande, ainsi que moi, à vos ferventes
prières.

Adieu, vénérable ami, je vous embrasse
de tout mon cœur.

D'ANGELLI.

LETTRE XI.

M. Blandini au padre Francesco.

Florence , 9 juin 1805.

M. le comte d'Angelli, depuis huit jours, n'est plus ici. Je le regrette beaucoup , et je suis presque fâché de l'avoir connu. S'il n'a-voit pas été marié , je l'aurois volontiers nommé mon gendre, parce qu'il auroit ren-du mon Anna parfaitement heureuse. Il est difficile de trouver un jeune homme aussi accompli , surtout aujourd'hui....

Je lui ai procuré des passeports sous le nom de *Maniello* , parce qu'il ne veut pas être connu en France sous son vérit. ble nom. Il m'a écrit de Gènes; sa santé se rétablit; il fait son voyage à petites journées.

C'est seulement hier que mon Anna a su le départ de M d'Angelli. Elle le croyoit tou-jours à la campague, et me demandoit journel-lement de ses nouvelles. Enfin, il a bien fallu lui dire qu'il étoit parti, dans la crainte qu'elle ne le crût malade. Dès qu'elle a appris cette nouvelle, le rouge lui est monté à la figure, et les larmes ont coulé de ses yeux. Oh le méchant ! s'est-elle écriée, il est parti sans me faire ses adieux ! Ce n'est ni joli, ni louable de sa part. Je lui ai fait observer, qu'ayant reçu quelques lettres de France, où il avoit des affaires majeures, il a été forcé de partir précipitamment. — Mais s'il est encore malade, m'a-t-elle répliqué, qui en aura soin ? — Ma chère enfant, lui ai-je dit, partout M. d'Angelli trouvera des amis; son Aurélio ne le quitte pas. Rassure-toi sur sa santé, qui va beaucoup mieux depuis qu'il nous a quittés.

Mon Anna a gardé le silence, et a paru réfléchir quelques instans. Pour ne pas trop long-temps la laisser à ses idées, je l'ai prise par la main et l'ai conduite dans le jardin; où elle a visité sa volière; ensuite elle a demandé sa perruche, et j'ai vu que sa tristesse s'étoit déjà dissipée.

J'entre dans tous ces détails avec vous,

mon cher ami , pour que vous m'aidiez plus facilement à juger l'état du cœur de ma fille. Vous sentez bien que j'en étudie tous les mouvemens avec la plus grande attention , et je me flatte que si l'étincelle dont je vous ai déjà parlé s'est montrée , elle n'a fait heureusement qu'effleurer mon Anna. ..Elle est calme , mon vénérable ami ; le chagrin qu'elle éprouve du départ du comte est de la même nature que celui qu'elle a ressenti de la mort de son serin à collier noir. Je vais tâcher de la distraire; et peu à peu elle oubliera M. d'Angelli comme elle a oublié mille autres choses. J'en suis quitte aujourd'hui pour la peur ; mais une autre fois je prendrai mes précautions.

Mon Anna vient encore me trouver dans mon cabinet , et me voyant occupé à écrire, elle me dit : Papa, si c'est à M. d'Angelli que tu écris, marque-lui que je suis indignée de ce qu'il est parti sans me le dire. Je lui réponds que c'est à vous, mon vénérable ami , que ma lettre s'adresse. — Eh bien, recommande-lui, je te prie, de venir ici au plus tôt, et de ne pas attendre pour cela l'automne, s'il veut voir nos belles fleurs d'été; alors il pourra mieux choisir celles dont il désire des graines et des boutures. Dis-lui que je l'embrasse.

Vous voyez, mon cher Francesco, que mon Anna n'est pas bien désespérée du départ de notre ami; qu'elle n'est ni triste, ni préoccupée; et qu'elle songe à ses fleurs, à ses oiseaux, et à mille autres choses, aussi bien qu'à M. d'Angelli ..Ce n'est pas là de l'amour.... Le cœur de mon Anna est encore vierge. J'en rends grâces à la Providence, et m'en réjouis avec vous.

Adieu, mon vénérable ami.

BLANDINI.

LETTRE XII.

Le comte d'Angelli à M. Blandini.

Milan, 15 juin 1805.

Je suis à Milan depuis deux jours. Je ne suis fatigué que de la route, et je le serois bien davantage, si le pays que je viens de parcourir, ne m'eût pas amusé par la variété de ses sites, et si les mœurs et les usages de ses habitans ne m'eussent pas donné des motifs de faire des réflexions profondes.

J'ai demeuré deux jours à Gênes, je me suis embarqué pour voir, de la mer, le coup d'œil magnifique que présente cette ville. On diroit d'un théâtre immense, dont les côtes forment les coulisses; les maisons présentent l'image d'un amphithéâtre superbe, et le port offre une scène variée et très-animée.

L'intérieur de la ville ne répond guère à ses dehors. L'air en est épais, les rues mal-propres et le peuple paroît insouciant, paresseux, plongé dans la plus excessive misère, et enclin à tous les vices qui accompagnent l'oisiveté.

Les mœurs françaises pénétreront sans doute peu à peu dans cette ville, et donneront une nouvelle manière d'être à ses habitans. Déjà l'instruction publique, autrefois si négligée, si mauvaise, commence à s'y perfectionner. Le commerce et les arts y sont encouragés, et la mal-propreté commence à disparoître de ses rues (1). Les premiers fruits d'une bonne organisation donnent l'espoir que Gênes pourra, dans la suite, rivaliser d'urbanité avec toutes les villes maritimes de l'Europe, surtout si son gouvernement, par des ressorts invisibles, sait faire disparoître l'inégalité révoltante des fortunes, encourager l'industrie nationale, et arracher enfin le peuple génois à cette misère profonde qui le tient dans l'avilisse-

---

(1) Gênes change journellement de face; elle doit la plus grande reconnoissance à la sage administration de son commissaire général de police, M. Joliclerc.

ment , et qui paralyse en lui l'amour du tra‑
vail , source féconde de la prospérité pu‑
blique et particulière.

Voyez cette Italie supérieure naguère ra‑
vagée par la guerre , et qui n'offre presque
plus de traces de ce fléau!... Elle commence
à reprendre son antique splendeur .. Millan,
et ses environs , se ressentent de la présence
du prince qui y commande au nom du grand
homme de notre siècle. Tout y prospère;
dans quelques années , ce vaste pays , entiè‑
rement régénéré , et dégagé de ses anciens
préjugés , sera un des royaumes les plus
florissans de l'univers.

C'est demain que je commence à tenir
la promesse que je vous ai faite , de vous
écrire l'histoire de ma vie, de mes malheurs.
Cette tâche sera d'autant plus pénible pour
moi, qu'elle ne me présentera que des sou‑
venirs amers... Mais que ne doit-on pas
faire pour un véritable ami ?

Permettez, Monsieur, que votre intéres‑
sante Anna trouve ici les assurances de mon
respectueux hommage ; mon cœur a bien

apprécié le vif intérêt qu'elle a daigné prendre à ma santé et à mes chagrins ; qu'elle est bonne et sensible, cette Anna !.... Oh, M. Blandini ! je vous félicite d'avoir une fille si aimable.... Que l'homme qu'elle choisira pour époux, sera heureux ! ...

Si vous avez occasion de parler de moi au padre Francesco, dites-lui que je l'aime et l'estime infiniment.

Recevez, Monsieur, l'assurance de ma vive reconnoissance et de ma haute considération.

D'ANGELLI.

LETTRE XIII.

Le comte d'Angelli à M. Blandini.

Milan, 16 juin 1805.

Vous avez désiré connoître mon histoire, monsieur et respectable ami, je vais vous satisfaire.

Vous avez autrefois particulièrement connu mes parens à Naples, et vous savez, depuis long-temps, que le comte d'Angelli jouissoit d'une belle fortune et d'une grande considération, lorsqu'il épousa la signora Léonora F..... ma respectable mère, qui lui apporta une dot considérable. Cette union fut très-heureuse, et mon père eut toujours, pour son épouse, ces prévenances soutenues, ces soins délicats qui font le charme du mariage. Ma mère n'eut d'autre enfant que moi ; elle me nourrit de son lait, ne me perdit jamais de vue, et mes innocentes caresses la dédommagèrent de ses soins maternels.

Lorsqu'il fut temps de m'initier aux sciences, elle choisit, avec la plus grande attention, les maîtres qu'elle me destinoit. Elle
prit des renseignemens sur leurs mœurs,
leur caractère et leurs lumières. Un seul
trouva grace aux yeux de sa prévoyance ;
le Père Forlini parut satisfaire sa sollici-
tude maternelle : elle lui confia mon éducation.

Cet homme respectable, que vous avez
aussi connu à Naples, sema de bonne
heure dans mon cœur le germe de toutes
les vertus qui font l'apanage de l'honnête
homme. Vous savez combien il étoit pieux
sans bigoterie ; aussi avoit-il écarté de la
religion, ces momeries monacales, inven-
tées par le fanatisme, et ne s'étoit-il attaché qu'aux principes de morale, si bien dé-
veloppés dans l'Évangile. Il étoit humble,
et surtout tolérant ; il puisoit dans ce livre
divin, les maximes de cette tolérance dont
nous avons tant de besoin ici-bas ; et pour
me faire mieux sentir la beauté et l'utilité
de cette importante vertu, il me citoit sou-

vent le trait de la femme adultère; et pe-
soit beaucoup sur ces paroles du divin lé-
gislateur : *Que celui d'entre vous qui est
sans péché, lui jette la première pierre.*
Ces leçons sages avoient l'approbation de ma
mère, qui me les répétoit en l'absence du Père
Forlini : elle voyoit, avec plaisir , que je les
comprenois, que je les retenois bien, et que
j'y ajoutois quelquefois mes petites réflexions.

Nous demeurions, ma mère et moi, presque toujours à la campagne. Madame d'Angelli, d'une santé délicate, préféroit l'air pur
des champs à celui de laville. Mon père ,
qui avoit abandonné mon éducation à ma
mère, venoit souvent nous voir; il me faisoit répéter ce que j'avois appris pendant
son absence , s'assuroit de mes progrès , et
me donnoit des leçons d'histoire naturelle
et de botanique dans les diverses excursions
que nous faisions dans la campagne. Quel
tendre père !.... aussi j'avois pour lui l'amitié la plus vive et le respect le plus profond.
Son désir bien prononcé de travailler de
loin à ma félicité future , lui faisoit soi-

gneusement cultiver l'amitié du général
Pignatelli et du marquis Tanucci, ce vieil
ami de Charles III et le premier ministre de
son fils Ferdinand IV. Il sembloit ne désirer des richesses, des places éminentes,
des honneurs, que pour me les transmettre.
Il fut présenté au roi et à la jeune reine Ca-
roline, il leur fit régulièrement sa cour, et
eut le bonheur de leur plaire.

Le comte d'Angelli, comme vous savez,
Monsieur, étoit d'une belle figure. Il joi-
gnoit aux qualités brillantes de l'esprit et
du savoir toutes celles du cœur. Il avoit un
grand fond de probité, aimoit sincèrement
son roi, et désiroit ardemment le bonheur et la prospérité de sa patrie. Déjà com-
blé des dons de la fortune, et bien accueilli
à la cour du roi Ferdinand, ses désirs cependant étoient loin d'être satisfaits, il vi-
soit à entrer au conseil d'état; il y réussit
facilement, parce que le monarque rendoit
justice à ses lumières et à ses vertus.

Lorsque j'eus atteint ma quinzième année, mon père, qui me destinoit au ser-

3.

vice militaire, me fit nommer officier dans
un régiment d'infanterie qui étoit en garnison à Messine.

Il fallut me séparer de ma tendre mère.
Ah, M. Blandini! que nos adieux furent
touchans! Pour la première fois, ma mère
alloit me perdre de vue! Que de larmes nous
répandîmes!.... on eût dit que nous ne devions plus nous revoir.... Ce pressentiment
ne fut que trop vrai. Ma mère, depuis long-
temps valétudinaire, ne put supporter mon
absence, et sa santé succomba bientôt sous
le coup le plus cruel qu'on pouvoit porter
à son cœur maternel.... Cette bonne mère
m'écrivoit souvent, et cherchoit à tromper sa
douleur par notre correspondance. Elle es-
saya de me faire revenir à Naples, en enga-
geant mon père à me retirer du service; mais
ses prières furent inutiles.... Elle n'eut pas
la consolation de voir et d'embrasser son
fils avant de fermer les yeux pour jamais.
Quoique jeune encore, je sentis vivement
la perte que je venois de faire. Rien au
monde ne peut remplacer le cœur d'une

bonne mère, et je sens encore mes yeux mouillés de larmes, au souvenir de cette perte irréparable.

Le comte d'Angelli, devenu veuf, s'adonna entièrement aux affaires de l'état. Il ne tarda pas à jouir de la haute réputation que méritoient ses lumières et la pureté de ses intentions. Présentoit-on au conseil un plan nouveau d'administration, ou quelque projet de politique important, c'étoit lui qu'on désignoit pour en faire le rapport, et ses avis, toujours lumineux, déceloient son amour pour la vérité, pour le monarque et le bonheur de l'état.

Tant de talens, tant de vertus et de zèle, lui concilièrent bientôt l'estime particulière du roi, et la considération de ses collègues. Mais Acton, dont vous avez sans doute entendu parler, qui avoit succédé, depuis quelque temps, au vieux marquis Tanucci, dans la place de premier ministre, chercha le moyen de l'éloigner du conseil et de la cour. Il fit au roi un éloge pompeux des talens diplomatiques de mon père, et engagea le monarque à l'envoyer en ambassade dans une des premières cours de l'Europe.

Alors mon père m'obtint un congé d'un mois. Je me rendis à Naples, et j'eus le plaisir de l'embrasser avant son départ pour son ambassade.

Je revins à Messine, où mon régiment étoit encore en garnison. Je m'appliquai à l'étude de l'histoire, et des campagnes des grands capitaines anciens et modernes. Je m'attachai à approfondir la théorie de l'art militaire, en attendant les occasions de la mettre en pratique. Les agitations politiques où se trouvoient, depuis quelques années, toutes les nations de l'Europe, à cause de la révolution française, ne tardèrent pas à me les procurer; car, en 1799, la cour de Naples ayant ordonné une levée de quarante mille hommes, pour compléter son armée, mon régiment dans lequel j'étois devenu capitaine, reçut l'ordre de se rendre aux Abruzzes....

Quelques actions d'éclat que j'eus occasion de faire pendant cette campagne, me firent nommer colonel sur le champ de bataille : mais ayant été grièvement blessé à la tête de mon régiment, en défendant Capoue, je fus forcé de quitter l'armée. Le chevalier Fanelli, mon intime ami, qui m'avoit succédé dans le grade de capitaine, me fit transporter sur un brancard, à l'hôtel de mon père à Naples.

Je passerai sous silence les détails de cette expédition qui renversa la monarchie, et donna lieu à la république napolitaine qui n'exista que cinq mois.... Tirons le rideau sur les orages politiques qui déchirèrent alors ma patrie.... Adieu, mon respectable ami.

D'ANGELLI.

LETTRE XIV.

Du même au même.

Milan, 20 juin 1805.

PENDANT que le royaume de Naples étoit dans la plus grande agitation, et qu'on s'efforçoit de le transformer en république, je souffrois cruellement de ma blessure. Cloué dans mon lit, je ne voyois presque que mon ami le chevalier Fanelli, dont la société douce et agréable étoit devenue un besoin pour moi.

Ce chevalier Fanelli, officier dans mon régiment, avoit combattu aux Abruzzes et à Capoue, où il avoit fait des prodiges de valeur; il étoit d'un caractère égal qui sympathisoit beaucoup avec le mien : son cœur, bon et sensible, me prodiguoit les consolations de l'amitié; il étoit très-instruit et possédoit ces talens d'agrément qui font le charme de la société, et qui répandent des fleurs sur les vicissitudes malheureuses de la vie. Bel homme, jeune, riche, favorisé de Mars, d'Apollon et de Vénus, il n'éprouvoit d'autre chagrin que celui de me voir malade. Vous le connoîtrez, sans doute, mon cher monsieur Blandini, et j'espère que vous le trouverez digne de votre estime.

Il y avoit déjà près de trois mois que j'étois revenu blessé de Capoue, et que j'habitois mon hôtel; déjà je commençois à me trouver mieux de ma blessure, et je projetois d'aller à la campagne pour me rétablir, lorsqu'une aventure plaisante, qui arriva dans ma maison, me détermina à quitter précipitamment Naples. Je ne puis résister au désir de vous la raconter, parce qu'elle fera diversion aux noirs tableaux que je mettrai bientôt sous vos yeux, et qu'elle pourra vous amuser un instant.

Un officier de mon régiment, nommé Rinaldo, qui venoit de temps en temps me voir, me pria de lui donner un asile dans mon hôtel; je le lui accordai d'autant plus

volontiers, que ce jeune officier étoit aimable, gai, vif, spirituel, bien élevé, bon
musicien, assez bon peintre, et qu'il pouvoit faire la société du chevalier Fanelli,
qui ne me quittoit guère, et qui mangeoit
seul la plupart du temps.

Ce jeune homme avoit une cousine très-
jolie, nommée Lucinda Bardetti, qu'il
voyoit souvent dans son enfance, et qui
rivalisoit avec lui de talent et d'amabilité;
alors le jeune Rinaldo avoit dix-huit ans,
et Lucinda en avoit seize : c'est l'âge des
passions; ils s'aimoient à la folie, et dési-
roient s'unir en mariage.

Le jeune Rinaldo pria son frère aîné,
qui étoit son tuteur, de proposer ce mariage au père de Lucinda; mais Bardetti,
qui, depuis long-temps, avoit formé le
projet de faire une religieuse de sa fille,
pour ne point lui donner de dot, et
laisser sa fortune à son fils, qu'il idolâtroit,
rejeta la proposition de Rinaldo, et dès
lors lui défendit l'entrée de sa maison.

Les deux amans apprirent cette nouvelle

avec la plus grande douleur. Lucinda pleura beaucoup, et Rinaldo tomba malade de chagrin : dès qu'il fut remis, son frère le fit partir pour le régiment où il lui avoit procuré une sous-lieutenance.

Ces jeunes amans s'écrivoient jusque là, se juroient un amour éternel ; mais dès que Rinaldo fut parti, le père de Lucinda exécuta son projet, et conduisit sa fille dans un couvent où il avoit une sœur religieuse, qui partageoit son désir de voir prendre le voile à Lucinda.

Le jeune homme avoit beau écrire de sa garnison à son amie, il n'en recevoit aucune réponse. Lucinda étoit surveillée ; sa tante la moralisoit sans cesse, lui peignoit le monde comme un enfer, et la solitude comme un lieu de délices ; mais le cœur de Lucinda, qui ne battoit que pour Rinaldo, étoit loin de goûter ces maximes.

Cependant la pauvre Lucinda ne recevoit point de nouvelles de son amant ; la vieille nonne l'ennuyoit, toute la communauté l'entouroit pour la gagner, et son père lui faisoit pressentir sa volonté d'un ton très-prononcé. Sa position étoit affreuse; son amant ne lui écrivoit plus, et s'en croyant abandonnée, elle se détermina enfin à prendre le voile, pour se soustraire aux sollicitations ennuyeuses de la communauté et aux menaces de son père.

Rinaldo, de son côté, suivit son régiment aux Abruzzes; il y fut blessé. Après huit mois d'absence, il revint à Naples; il vivoit tranquillement chez son frère, en attendant l'issue des événemens politiques. Le souvenir de Lucinda ne l'avoit pas quitté un seul instant; il l'aimoit toujours avec la même ardeur, et depuis son arrivée à Naples, il avoit employé toute espèce de moyens pour découvrir sa demeure, sans avoir pu y réussir; il étoit en proie au plus vif chagrin, lorsqu'il eut quelque contestation avec son frère pour ses droits légitimaires. L'intérêt, qui brise tous les liens, même ceux du sang, brouilla les deux frères au point qu'ils eurent recours aux tribunaux pour juger leur différend. Le jeune inaldo gagna sa cause, mais son frère le chassa de sa maison.

C'est alors qu'il vint me demander un asile ; je lui donnai une jolie chambre au deuxième étage sur le derrière, où il pouvoit cultiver ses talens avec tranquillité.

Un soir qu'il chantoit en s'accompagnant de la mandoline, il entendit frapper au mur mitoyen de sa chambre.... alors il se tait , et le bruit cesse ; il reprend son chant , et les coups redoublent.

Étonné de cette aventure, il en recherche la cause ; il demande le lendemain à Aurélio à qui appartient la maison contiguë à l'hôtel d'Angelli : Aurélio lui apprend que cette maison est un couvent de filles de Sainte-Catherine.

Voilà que l'imagination de notre jeune homme commence à trotter, et il prend à l'instant la résolution de couler à fond cette aventure, qui peut l'amener à quelque bonne fortune.

Le soir suivant, il chante, et l'on frappe contre le mur, comme la veille.... il chante encore, on lui répond. Ah! ah! dit il, ce n'est pas là pur hasard! oui, j'ai entendu la voix d'une femme!... il y a ici quelque mystère qu'il faut que je dévoile!... alors il cherche dans sa tête quelque moyen de découvrir l'auteur du bruit, et forme le projet de percer le mur comme le moyen le plus prompt et le plus certain.

Le lendemain, sans mot dire à personne de son aventure et de son dessein, il se procure des outils, et se retire de bonne heure dans sa chambre; il commence à chanter, et voilà que l'on frappe de l'autre côté du mur, et qu'on lui répond en répétant son refrain; il frappe à son tour le mur avec une barre de fer; il y a bientôt fait une ouverture à y passer la tête; il s'aperçoit que la muraille est lambrissée de l'autre côté, et qu'il n'y a plus qu'une planche qui le sépare de l'objet qui pique sa curiosité.... il chante encore, et voilà qu'il s'entend nommer.. .le cœur lui bat de joie; il croit reconnoître cette voix.... la planche est bientôt enlevée; il voit une novice qui lui end la main, et qu'une vive émotion rend comme muette; enfin cette novice se remet ientôt, lève son voile, parle, et Rinaldo reconnoît sa Lucinda.

Je ne chercherai pas, signor Blandini, à ous peindre les transports de ces deux mans.... ils se font mille caresses, et se racontent ce qui leur est mutuellement arrivé depuis qu'ils ne se sont vus.

Lucinda apprend à Rinaldo, que d'une hapelle abandonnée où elle se trouve à instant, elle a reconnu sa voix; qu'elle a herché à se faire reconnoître de lui, à fixer son attention en frappant contre la muraille, t qu'enfin elle y a réussi.

Lorsque Rinaldo est instruit que Lucinda est à la veille de prononcer ses vœux, il prend la résolution de l'enlever, et Lucinda promet de s'y prêter. Le temps passe vite, en pareille circonstance.... L'horloge vient de frapper l'heure des matines, la novice st obligée de quitter son amant, et d'aller, conformément à son devoir, sonner la cloche pour éveiller la communauté. Elle n'a que le temps de jurer encore un amour éternel à son bien-aimé, de l'assurer que le lendemain soir elle se rendra là, pour le suivre et ne jamais le quitter.

Rinaldo agrandit le lendemain la brèche de la muraille, rejoint les planches du lambris sans les clouer, et emporte la clef de sa chambre pour qu'on ne s'aperçoive de rien. Avant de sortir de la maison, il me pr e de lui prêter trois cents ducats sur un mandat de son frère, payable dans un mois. Je lui fais quelques questions sur l'emploi qu'il veut faire de cette somme; il me donne à entendre qu'une affaire d'honneur le force à me faire cet emprunt. Il va acheter des habits pour Lucinda, et faire les apprêts d'un voyage. Il rentre à l'hôtel de bonne heure, et, arrivé au lieu du rendez-vous, il y trouve son amante, qui s'élance dans ses bras... Elle s'habille, et tous deux partent à l'instant pour la maison de campagne du père nourricier de Rinaldo, située à vingt milles de Naples.

Le lendemain, on chercha la novice par

tout le couvent ; elle a manqué, dit-on, de sonner les matines ; on soupçonne son évasion. On appelle le padre Hieronimo, le directeur de la communauté ; on lui raconte l'affaire. Le padre fronce le sourcil, il gronde les portières, les tourrières, qui jurent d'avoir fait leur devoir. L'abbesse, suivie de cinq ou six de ses filles, fait une revue générale de la maison : on ne laisse pas une allée du jardin, un coin du couvent, sans y chercher les traces de la fuite de la novice. On fait avertir Bardetti, et pendant qu'on va le chercher, l'abbesse découvre enfin par où Lucinda est sortie. Les planches du lambris, qui n'ont point été reclouées et bien jointes, laissent entrevoir le jour. Ces religieuses les enlèvent sans peine, et, emportées par leur zèle et soutenues de la présence du padre directeur, elles passent avec lui, l'une après l'autre, par la brèche, et viennent faire des perquisitions dans mon hôtel. Elles descendent au premier, et demandent à Aurélio à parler au maître de la maison. Mon domestique, surpris de voir

TOME I.   *

dans mon salon toute une communauté de filles, même son directeur, sans savoir par où elle a passé, vient m'annoncer, en riant, cette curieuse nouvelle.

Quelle fut ma surprise, mon estimable ami, de voir entrer dans ma chambre ce cortége!... Le directeur en est l'orateur; il me présente les excuses de ses nones, et m'instruit du but de leur visite... Je lui réponds, je plains beaucoup ces bonnes filles du ciel qui cherchent une brebis égarée... j'ignore où elle peut être... Le loup qui le leur a ravie est déjà loin, sans doute, et il sera très-difficile de savoir où il a entraîné sa proie.

Le chevalier Fanelli, qui étoit présent, fait les honneurs de chez moi; offre à ces dames des rafraîchissemens et des confitures, et les assure que ni lui ni moi, qui n'ai presque pas quitté mon lit depuis près de trois mois, n'avons aucune connoissance de la fuite de leur jeune compagne.

Bardetti, le père de Lucinda, qui avoit déjà tout appris dans le couvent, et qui avoit

passé par la brèche du mur de ma maison,
arrive tout furieux dans ma chambre. Il menace de faire appeler le commissaire de police, pour faire des recherches dans mon
hôtel, et nous faire subir un interrogatoire.
Fanelli lui expose toute espèce de raisons
pour le calmer et le dissuader des soupçons
qu'il a déjà formés contre nous. Mais lorsqu'il apprend que j'ai donné asile dans ma
maison au jeune Rinaldo, sa colère redou-
ble; il s'écrie, voilà le ravisseur!..... Oui,
c'est cet étourdi de Rinaldo, et ces messieurs lui ont tenu la main... Il finit par dire
à Fanelli et à moi, des choses très-injustes
et très-dures. Mon ami s'échauffe; Bardetti
en devient plus furieux. Les saintes filles,
avec leurs voix glapissantes, se mêlent dans
la dispute; le directeur prend le parti de ses
ouailles, crie au sacrilège ! Tous parlent à-
la-fois, font un vacarme épouvantable; on
diroit qu'on s'égorge. Aurélio et mes gens
entrent. Bardetti, dans sa fureur, jure, menace. Aurélio indigné, le saisit au collet,

deux de mes gens par les bras, et mettent ce furibond à la porte.

Pendant que Fanelli cherche à appaiser le tumulte chez moi, Bardetti court à toutes jambes chez le commissaire, lui porte sa plainte, et le magistrat arrive bientôt à mon hôtel, accompagné de ses sbires, et suivi d'une populace curieuse, qui forme groupe devant ma porte, en attendant l'issue de l'affaire à laquelle Bardetti vient de donner le plus grand éclat.

On fait des perquisitions dans l'hôtel. Les nones, armées de flambeaux, se mêlent parmi les sbires, et présentent un coup d'œil risible. Les recherches sont inutiles ; les amans ont disparu. Le commissaire me fait ses excuses, et jette un coup-d'œil de mépris sur Bardetti ; les saintes filles vont se réfugier, avec leur directeur, dans leur vieille chapelle : tout le monde se retire, et j'ordonne à Aurélio de faire réparer à l'instant la brèche de la muraille.

La paix succède enfin, dans mon hôtel, au tumulte le plus affreux, et je finis par

rire avec Fanelli de cette plaisante aventure.
Cependant elle fit beaucoup de bruit dans les
cercles de Naples ; elle fut le sujet des conversations; chaque personne qui la racontoit,
y mettoit un peu du sien, et quelques avis
secrets m'inspirèrent tant de crainte des suites de cette affaire , que je me déterminai,
d'après l'avis même de Fanelli et de mes
amis, à me réfugier à la campagne sous le
plus bref délai.

Voilà , mon cher M. Blandini, une anec-
dote qui, seule, vaut un roman. Je l'ai écrite
d'un seul trait ; elle me fait encore rire : je
désire qu'elle vous amuse.

Adieu.

D'ANCELLI.

LETTRE XV.

Du même au même.

Milan, 22 juin 1895.

Je partis donc, mon respectable ami, pour ma maison de campagne, et ce ne fut qu'avec la plus grande peine que je pus supporter le mouvement de la voiture. Le chevalier Fanelli fit ce voyage avec moi ; son amitié m'aidoit à supporter mes souffrances.

Ma maison de plaisance devint bientôt le rendez-vous de mes voisins ; et parmi ceux qui venoient me voir presque journellement, il y en avoit un qui nous amusoit par ses saillies. C'étoit le signor Claudini, dont vous avez entendu sans doute parler, ancien militaire distingué, et l'ami de mon père. Il avoit beaucoup d'esprit, et étoit grand partisan de la philosophie des anciens. Il savoit par cœur les œuvres de Platon, d'Aristote et de Sénèque ; il les citoit à chaque instant. Fanelli, qui a beaucoup d'érudition, goûtoit singulièrement la conversation de ce Claudini, et disputoit souvent avec lui sur des matières abstraites. La nature de l'âme, son origine et sa destinée, étoient quelquefois le sujet de leur entretien. Claudini avoit depuis long-temps adopté le système de la métempsycose, et Fanelli le rejetoit; à la vérité Claudini extravaguoit sur ce point, et vous allez en juger par ce que je vais vous dire de ses idées: sa folie vous fera rire, j'en suis sûr.

Claudini, après avoir dîné chez moi avec une société nombreuse, nous dit très-sérieusement : « Messieurs, j'admire depuis long-temps l'ingénieux système de la métempsycose, qui est de la plus haute antiquité, et qui a fait de tous les temps, partie du dogme des Indiens, des Perses, et de presque toute l'Asie. Rien de plus raisonnable que la transmigration des âmes pour expliquer leur origine et leur destinée. »

«Figurez-vous un foyer de *principe de vie,* situé dans le sein du Créateur même, duquel s'échappent des molécules qui vont animer

les divers corps répandus dans l'espace, suivant le mode d'organisation de chacun. Tout
vit, mes amis, à sa manière dans la nature :
les plantes, comme les animaux, ont le
temps de leurs amours, la saison de leur re-
production, et les heures de leur sommeil.
Dès qu'un atôme de vie, que nous appelons
âme, perd l'enveloppe que le Créateur lui
avoit assignée, il passe dans un autre corps,
l'anime, et le fait agir autant que l'organisation de ce même corps existe. La même
âme, dès l'instant qu'elle est destinée à l'a-
nimalisation, et qu'elle est lancée à cette fin,
dans l'espace, par le souffle du Créateur, passe
successivement d'un corps désorganisé dans
d'autres corps, et les anime, jusqu'à ce qu'il
plaise à son auteur de l'attirer définitivement
à lui. Voilà ma métempsycose expliquée.»

« Il n'y a aucun de nous, s'il veut bien réfléchir sur le passé, et surtout être de bonne
foi, qui ne se souvienne d'avoir, autrefois,
habité plusieurs corps de diverses formes.
Pour moi, je me rappelle une foule de mes

métamorphoses ; elles sont si singulières,
que vous n'y ajouteriez aucune foi , s'il me
prenoit la fantaisie de vous les raconter ».

La société, M. Blandini, rit aux éclats
de la folie de Claudini ; lui seul garda l'air
sérieux. Bientôt, avec un ton moitié malin,
moitié goguenard, il continua ainsi :

« Me trouvant en vacance dans le sein
du père des êtres avant de venir animer le
corps du pauvre Claudini, qui vous parle,
je me trouvai près d'une autre âme qui me
parut rêveuse. Je l'engageai à me faire l'histoire de ses métamorphoses, et voici ce qu'elle
me dit mot pour mot :

» Il y a long-temps que j'anime des corps
de toute espèce, et je voudrois bien jouir
de quelque repos.... Vous voulez savoir ce
que j'ai été ? Ecoutez....

» J'ai été puce, et me suis nourrie pendant long-temps du beau sang de cette fa-
meuse Hélène qui se fit enlever par Pàris,
ce qui fut cause de la ruine de Troie. Je
m'amusois à sauter de bras en bras, à caresser, à piquer le sein de cette belle ; mais un

jour, Pàris m'aperçut, me saisit, et m'écrasa dans ses doigts.... ».

Voilà le sort des indiscrets, s'écria Fanelli, en riant. Claudini poursuivit :

« De puce, devenu papillon, je volai de fleur en fleur, jusqu'à ce qu'un oiseau me goba : mon corps alimenta une jeune fauvette, et j'allai animer un œuf de rossignol. Devenu grand, j'eus une voix éclatante ; on admira mon ramage, et pour me faire applaudir, je chantai tant, que je mourus d'épuisement.... ».

Fanelli alloit encore ajouter le sens moral à cette métamorphose, mais je lui fis signe de se taire, et Claudini continua :

« Pour me punir de mon orgueil, je fus condamné à ramper sur la terre, et je devins fourmi. Alors, point de chant ni de gloire ; mais je recueillis de grandes provisions dans un champ que je n'avois pas semé : je refusai d'en prêter à une cigale, ma voisine, que je laissai mourir de faim. Mais le maître du champ, d'un coup de pioche, vint, un matin, dissiper mes richesses, et pour comble de malheur, il m'écrasa d'un coup de son gros sabot...

» Le destin eut pitié de moi, et je fus envoyé dans un gros animal. Je devins renard, et je croquai plus d'une poule : ma vie ne fut plus que finesse et qu'astuce : je tendis mille pièges, mais je me laissai prendre au traquenard.....

» Ensuite je devins lion : fier de ma force, je fus un tyran. J'usurpai toute autorité ; on craignit ma dent et ma griffe, et malgré la haine et la jalousie, je serois mort de vieillesse, le sceptre dans ma main, si.... je n'eusse pas été réduit en cendres par la foudre....

» Dès lors je passai aux animalisations majeures.... Depuis j'ai parcouru presque tous les états, et je ne suis même ici que pour quelques instans ; car par ordre du destin, je vais animer le corps du fils d'un médecin hibernois, qui a quitté sa patrie pour aller faire fortune. Je profiterai des ruses et de la malice des animaux qui m'ont déjà servi d'enveloppe ; et dès que je serai grand,

4.

je me ferai, par un secret que je connois, une grande réputation auprès des femmes, qui me conduira jusqu'aux gradins d'un trône dont je passerai pour le soutien. Là, je sauterai comme la puce de place en place.... Je haranguerai, l'on m'applaudira.... Je ramasserai de grandes richesses, que je ferai passer outre-mer.... Je tendrai mille pièges, et j'éviterai le traquenard.... J'usurperai toute autorité. Je ferai sentir à mes rivaux et ma dent et ma griffe.... Je sacrifierai tout pour conserver ma puissance, et je perdrai, s'il le faut, la monarchie, le monarque, et je ferai égorger ses sujets par ses sujets mêmes.... » Cette âme, ajouta Claudini, m'inspira tant d'horreur, que je lui tournai le dos, et que je la laissai partir pour sa destinée sans lui dire adieu.

Bravo! bravo! s'écria-t-on de tous les coins du salon. Oh! comme cette âme atroce a tenu sa parole!.... Après un instant de repos, Claudini continua en ces termes :

« Je ne vous entretiendrai pas, Messieurs, de mes métamorphoses, quoiqu'elles soient plus agréables et plus intéressantes

que celles que je viens de vous raconter.
Je me bornerai à vous dire que me voilà encore homme, enfin le vieux, le podagre
Claudini. J'ignore celles qui m'attendent ;
car je ne pense pas sur la transmigration des
âmes, comme Origène, qui croyoit que
les esprits épurés sur la terre, alloient être
des anges dans le ciel. Peut-être devien-
drai-je souris, et serai-je croqué par un
vieux *rominagrobis ;* mais si jamais je de-
viens mouche, je vous promets de savoir les
secrets de plus d'une fillette, et surtout ceux
des cabinets politiques de l'Europe ; car
vous connoissez mon goût pour les nouvelles.... ».

Ainsi parloit le vieux fou de Claudini,
qui nous amusoit encore, lorsqu'un bruit
d'hommes, de voitures et de chevaux se fit
entendre dans la cour de ma maison. Nous
nous portâmes en foule aux fenêtres, pour
connoître la cause de ce brouhaha. Nous
vîmes dans la cour une voiture et plusieurs
charrettes couvertes de toile peinte, des-
quelles descendoient des hommes, des fem-

mes, des enfans, des chiens, des perroquets,
des chats;... que sais-je?... Fanelli, en se
tournant du côté de Claudini, s'écria : voilà,
voilà, *in globo*, les métamorphoses de
Claudini ; il n'a pas voulu nous les raconter, et le hasard, au lieu de l'image, nous
montre la réalité.... Etonné cependant de
l'arrivée de cette singulière caravane, j'en-
voyai savoir ce qu'elle vouloit.

Alors un homme, grotesquement vêtu,
demanda à me parler. J'ordonne de le faire
entrer. « Signor, me dit-il, je suis le directeur de la troupe des comédiens de Naples, et mes *virtuosi* sont ici. Voudriez-
vous avoir la bonté de nous accorder l'hospitalité pour quelques jours ? nous jouerons
dans votre maison de plaisance, nous amu-
serons tous ces *signori*, en attendant que
nous osions retourner à Naples ». — Comment ? dit Claudini, interrompant le directeur, quel crime avez-vous donc fait, pour
ne pas oser aller dans ce moment à Naples?
— « Signor! répond le directeur, ce n'est
pas nous, pauvres *virtuosi*, qui avons com-

mis des crimes, et qui avons appelé l'armée royale à Naples, pour renverser le
gouvernement républicain ». — Ah , ah ! dit
Claudini, les royalistes sont donc maintenant aux prises avec les républicains napolitains ? — « Hélas oui! l'armée royale,
après avoir subjugué les Abruzzes, les Ca-
labres, et plusieurs autres provinces, étoit,
avant hier, aux portes de Naples, et se dis-
posoit à franchir le pont de la Madelaine,
tandis que les républicains, vaincus sur tous
les points, se réfugioient dans tous les forts,
et que le peuple crioit de toute part, *viva il
ré*. Comme nous, *virtuosi*, ne sommes
pas des gens de guerre, et que nous n'ai-
mons que la paix et l'harmonie, nous avons
bien vite abandonné la ville, pour nous retirer à la campagne, jusqu'à ce que Naples
soit parfaitement tranquille... ».

Claudini auroit bien voulu connoître les
résultats de cette guerre civile, mais ce ne
fut que quelques jours après que nous en
fûmes instruits. Je ne vous les rappellerai
pas ici, parce que les papiers publics ont dû
vous les donner, et vous apprendre l'en-

trée triomphante de l'armée royale dans Naples, et l'abolition totale du système républicain dans les Deux-Siciles.

Enfin, je consultai la société sur l'offre des *virtuosi*; mais Claudini s'écria, point de comédie, nous devons en être rassasiés, car le monde, comme vous savez, n'est qu'un grand théâtre où chacun joue la comédie à sa manière, et fait son rôle comme il peut. Passe pour quelques concerts, car la musique, à mon avis, est un art divin qui dispose l'âme à la joie; l'homme qui chante n'a pas envie de pleurer.... Son avis fut adopté, et pendant plus de huit jours nous eûmes l'agrément de jouir à notre aise des talens des *virtuosi*, qui faisoient ordinairement l'admiration et les plaisirs des Napolitains.

Dès que Naples fut un peu tranquille, je congédiai ces histrions, car leur conduite, chez moi, me prouva que, s'il y avoit du plaisir à les entendre chanter, il y avoit bien du désagrément à vivre avec eux sous le même toit.

Adieu, mon estimable ami.

D'ANCELLI.

LETTRE XVI.

Du même au même.

Dès que la tranquillité fut rétablie dans le royaume de Naples , je me rendis à la cour. Le roi, la reine , et même Acton , me reçurent avec bonté. Je boitois encore : ma blessure n'étoit pas bien cicatrisée, et l'on se rappeloit que je ne l'avois reçue que pour défendre la monarchie. Le roi me confirma dans mon grade de colonel ; Fanelli le fut dans celui de capitaine , et bientôt nous reçûmes , l'un et l'autre, l'ordre de rejoindre notre régiment qui étoit en garnison à Salerne.

Dès que les communications furent entièrement rétablies, je reçus des nouvelles directes de mon père , qui avoit demeuré constamment à son ambassade , où il avoit rendu des services éclatans à la cour de Naples. Le climat du pays où il faisoit sa rési-

dence ne convenoit pas à sa santé : presque
toujours valétudinaire, il postuloit son rap-
pel sans pouvoir l'obtenir. Cependant le roi
qui le considéroit et l'aimoit, lui accorda
enfin un congé de six mois, pour venir rétablir sa santé. En attendant son arrivée à
Naples, je me rendis à la tête de mon régiment, et quoique le corps d'officiers en fût
changé en partie, je n'eus qu'à me louer de
son accueil. J'attendois l'arrivée de mon
père avec la plus grande impatience, mais
une maladie longue et cruelle l'empêcha de
profiter du congé qu'il avoit obtenu de la
cour. Des affaires majeures survinrent ensuite, qui exigèrent sa présence à.... et qui
retardèrent de deux ans son voyage à Naples.
Pendant cet intervalle, je m'appliquai à ac-
quérir des connoissances dans les sciences
exactes.

Enfin, M. d'Angelli arriva, et m'envoya
un congé d'un mois, signé du ministre de la
guerre : je volai dans les bras de mon père.
Je le trouvai un peu vieilli, mais assez bien
portant. Il me félicita sur ma conduite poli-

tique, sur ma blessure et sur mon grade surtout, parce qu'il savoit que je ne l'avois obtenu que par quelques belles actions. Il me présenta de nouveau au roi, à la reine, qui me reçurent avec leur bonté ordinaire.

Après quinze jours donnés au repos, mon père reprit ses fonctions au conseil royal, et le roi faisoit toujours grand cas de son avis. Quelque temps après, mon père me mena chez le marquis de Luzzi, et me présenta à cette famille illustre. L'unique héritière de cette opulente maison étoit d'une grande beauté, et commandoit l'admiration par son esprit, et la perfection qu'elle avoit acquise dans tous les arts d'agrément. Dès le premier instant que je vis Rosa de Luzzi, je sentis que je l'aimois. Figurez-vous, signor Blandini, une demoiselle de dix-sept ans, d'une taille svelte et élancée, d'une figure qui paroissoit être le chef-d'œuvre du Créateur!... Ses yeux étoient grands, fendus en amande, d'un noir velouté et bordés de longs cils qui en tempéroient l'éclat et la vivacité ... Son nez légèrement aquilin, étoit bien fait : sa bouche dessinée par les grâces, étoit garnie d'un double rang de perles : ses cheveux d'un noir d'ébène rehaussoient la blancheur de sa peau.... Ah ! que Rosa me parut belle !... J'aime à me la rappeler encore, malgré ses torts et ses crimes. Je sens, au fond de mon cœur, une étincelle de l'amour dont ses charmes m'ont autrefois enivré ! O Rosa ! perfide épouse !... Non, je ne t'aime plus... Je te déteste... Je t'abhorre !....

Le lendemain de ma présentation à la famille de Luzzi, mon père me fit appeler dans son cabinet. Il me fit asseoir auprès de lui, et me tint à peu près ce discours :

« Tu viens, mon cher fils, d'atteindre ta vingt-quatrième année. Ton existence est agréable et indépendante : te voilà colonel, estimé de tes collègues ; te voilà riche par ta mère, fils d'un père opulent, d'un ami du roi, d'un conseiller en crédit... mais il te manque encore quelque chose... C'est... une compagne digne de toi, qui puisse faire ton bonheur, et te donner des héritiers de ton nom et de ta fortune. Il y a déjà long-temps que je songe à ton établissement, et je désire bien sincèrement que tes goûts s'accordent avec mes projets ».

Il s'approche alors de moi, et me serrant la main avec tendresse, il continua ainsi, en me regardant d'un œil scrutateur :

« Mon cher ami, promets-moi de répondre avec vérité et franchise à la question que je vais te faire.

— Parlez, mon père, je vous le promets.

— Ton cœur est-il libre, mon ami ? As-tu, dans ta garnison, éprouvé l'empire des charmes de quelque belle ? Ton cœur, enfin, a t-il ressenti les traits de l'amour ?

— Hier encore, mon cœur étoit vierge.

Tant mieux, mon cher fils, je ne contrarierai jamais les penchans de ton cœur. Je suis un bon père ; je ne veux que ton bonheur, et je lui sacrifierai toujours mes projets ».

Après un court silence, la figure de mon père changea ; il prit un air riant, et presque

avec le ton du badinage, il me dit : « Tu as
vu hier, chez le marquis de Luzzi, une bien
belle demoiselle.... Comment la trouves-tu?

— Ah, mon père! divine....

— En effet, mon fils, elle est charmante.
Tout le monde admire ses grâces, son esprit, ses talens. Elle est, comme tu sais,
l'unique héritière d'une famille illustre,
opulente, en crédit.... Il y a long-temps que
j'ai formé le projet de te marier avec elle ;
et, quoique dans les cours étrangères, je me
suis informé si elle étoit belle, et pouvoit
te convenir.... ».

Plein de reconnoissance pour mon père,
je me jetai à ses genoux, et je lui témoignai
combien cet hymen me rendroit heureux.
Mon père me releva, m'embrassa avec tendresse et me dit : « Je me félicite de ce que
mon projet s'accorde avec ton penchant. Il
faudra, mon cher ami, travailler à ton bonheur. Dans trois jours, la famille de Luzzi
vient dîner à ma maison de plaisance d'A-
versa. La belle Rosa y viendra aussi. Tâche
alors de lui plaire, et puisque tu la trouves

divine, l'amour t'inspirera les moyens de
parvenir jusqu'àson cœur ».

J'attendis ce jour si désiré, avec la plus
grande impatience. Il arriva, Rosa parut,
au milieu de sa famille , comme une rose
épanouie au milieu des tiges épineuses.
Elle eut mon premier coup d'œil. Je ne pus
porter ailleurs mes regards. Rosa devint
à l'instant mon univers, je ne vis qu'elle
dans toute la nature, et mon cœur ne battit
que pour elle. Je la saluai presque en tremblant, et je crus m'apercevoir qu'elle étoit
elle-même troublée. Mon père nous tira
d'embarras, en rendant la conversation générale : un coup d'œil, que je jetai furti-
vement sur lui, m'apprit la joie qu'il éprouvoit de notre embarras, précurseur ordinaire de l'amour.

Mon père proposa de faire un peu de
musique avant le dîner. Un piano, qui étoit
placé dans le salon, et accordé de la veille,
fut à l'instant ouvert, et les cahiers pla-
cés sur le pupitre. Mon père m'engagea à
accompagner une *scène* à Rosa. Je ne l'en-

tendis pas ; je ne voyois et n'entendois que la
signora de Luzzi. Enfin , mon père me tira
de mon extase , en me secouant par le bras,
comme pour me réveiller. Il m'entraîna au
piano , et alla de suite offrir sa main à Rosa
pour la mener au pupitre. J'essayai le prélude de la scène ; il me fut impossible d'en
exécuter quatre mesures. Mon père m'en
plaisanta ; je m'excusai , mal sans doute , et
M. d'Angelli finit par prier la belle Rosa
de s'accompagner elle-même.

Alors, Rosa, sans se faire prier , s'assied
au piano, touche le prélude de la scène avec
sentiment, et fait entendre une voix à char-
mer toutes les oreilles, et à électriser tous
les cœurs. Quel goût! quelle méthode! quelle
expression touchante!... Je ne me possédois
plus, j'étois en extase : Rosa avoit fini, que
j'écoutois encore. Ah! mon respectable
ami, quelle impression cette enchanteresse
ne fit-elle pas sur mon cœur !....Elle acheva
de me tourner la tête. Ce fut en vain que je
voulus lui faire mon compliment sur sa voix,
sur sa touchante exécution, je ne pus que

balbutier.... Comme l'amour nous donne souvent le vernis d'un sot ! j'enrageois contre ma gaucherie, j'en rougissois comme un enfant....

On sert enfin le dîner, je me trouve placé entre la belle Rosa et son père. Ma timidité commence à disparoître; mon esprit reprend peu à peu sa liberté; quelques paroles obligeantes de Rosa me donnent enfin un peu de hardiesse, et je ne suis plus si maussade. J'ai mille attentions pour le père et la fille ; je mange peu, on s'en aperçoit, on m'en plaisante, et je m'excuse par un prétendu déjeuner. Je fais les honneurs de la table, mais je suis presque toujours tourné du côté de Rosa. Je ne sais par quel heureux hasard ma main touche la sienne; c'est comme un conducteur du fluide électrique : je sens la commotion de l'amour, j'en suis embrasé. Mon trouble est extrême ; dans mon délicieux délire, j'ose chercher encore l'occasion de recevoir une nouvelle commotion. Je l'éprouve, j'aurois sans doute perdu l'usage de mes sens, si l'on ne se fût pas levé de table à l'instant.

On va faire une promenade dans les jardins ; j'offre ma main à Rosa, comme son plus proche voisin ; à peine a-t-elle pris mon bras, qu'un tremblement me saisit subitement. J'en attribue la cause à la digestion ; je ne sais ce que je fais, ce que je dis ; Rosa a l'air de ne pas s'en apercevoir : elle a la bonté de m'encourager par un sourire de bienveillance , et je reviens peu à peu à ma situation ordinaire.

Oh ! mon respectable ami , quel violent amour j'éprouvai dans un instant , pour cette belle Rosa !.... Jamais mon cœur n'avoit senti le feu de cette passion.... mais il reçut, ce jour-là , une blessure de l'amour si profonde , que j'en sens encore la cicatrice prête à s'ouvrir , malgré les crimes et la conduite infâme de Rosa.

La société revient au salon , les gens sensés s'amusèrent à divers jeux , et je priai la belle Rosa de chanter encore la scène qu'elle

avoit si bien rendue le matin. Je prends un
peu d'assurance, et j'essaie de chanter un duo
du fameux compositeur Cimarosa. Nous don-
nons l'essor à nos voix : Rosa m'électrise, et
je rivalise avec elle de talent et d'expression.
Les joueurs étonnés abandonnent un instant leur jeu pour nous applaudir. Mon père,
toujours galant, qui avoit ordonné à son intendant d'aller faire une couronne de fleurs,
me la présente. Je saisis son idée, et la place
sur la tête de Rosa : elle la refuse et veut
me couronner. Assaut de politesse, de modestie entre nous deux. Rosa, enfin, par-
tage la couronne, en met la moitié à la bou-
tonnière de mon habit, et place l'autre moitié sur son sein, en guise de bouquet, et
tout le monde applaudit à outrance. Enfin,
l'heure du départ sonne. Les voitures s'ap-
prochent du perron. La société part, je
donne la main à Rosa, et je suis assez présomptueux pour croire lire dans ses regards
son désir de me revoir bientôt.

A peine fûmes-nous seuls, mon père et
moi, qu'il me plaisanta sur ma timidité. Pour

un militaire, un colonel, me dit-il, te voilà
bien novice en amour. Rassure-toi, cependant ; rien ne plaît tant aux belles que ce
signe d'un amour véritable et respectueux ».
Je passai la nuit qui succéda à cette journée,
dans une agitation cruelle, et Rosa devint
le sujet de toutes mes pensées. Adieu, mon
estimable ami.

D'Angelli.

LETTRE XVII.

Du même au même.

Milan, 26 juin 1805.

Malgré mon insomnie de la nuit, je me
levai à l'aurore, et dès qu'il fit jour chez
mon père, j'allai le prier d'accélérer mon
bonheur, en demandant, au plutôt, à la famille de Luzzi, la main de Rosa pour moi.

M. d'Angelli commença par rire aux
éclats, de mon impatience, et me dit : te
voilà bientôt amoureux fou. A peine con-

nois-tu Rosa de Luzzi, que tu veux l'épouser? Mon ami, le mariage est un acte trop
important, il influe trop sur le bonheur ou
le malheur de toute notre vie, pour qu'on
doive le contracter sans y avoir mûrement
réfléchi. O mon père! lui répondis-je, mes
réflexions sur cet objet sont toutes faites. —
Je parie, me répliqua-t-il, que tu as employé toute la nuit dernière à les faire, et
que tu n'as pas dormi?... Va te reposer, mon
enfant, et à l'heure du dîner, nous cause-
rons de cette importante affaire.... Va te
reposer... Je n'osai répliquer, j'allai me jeter sur mon lit; et, malgré mon amour, je
dormis quelques heures.

On m'avertit que le dîner étoit servi, je
descendis; et dès que mon père m'aperçut,
il me dit en riant : eh bien monsieur l'amoureux, avez-vous un peu dormi ? La signora
Rosa a-t-elle troublé votre repos ce matin?... — Oh! non pas aujourd'hui, c'étoit
bien assez de la nuit dernière.... — A...
mon ami, dînons, et ce soir, en nous...
lant à Naples, nous tâcherons de con...

ner les moyens de hâter votre félicité....,
Assieds-toi..., et surtout point de mélanco-
lie, je te prie ».

Pendant le dîner, mon père fut d'une
gaîté charmante; il fredonna même quelques chansons de son temps, dont le refrain étoit analogue à la situation de mon
cœur. Il fut assez bon pour s'attacher à dissiper ma tristesse par une raillerie fine, et
par des réflexions toutes consolantes pour
mon âme.

Lorsque nous fûmes sur la route de
Naples, il me dit : parlons maintenant sé-
rieusement de ce que tu désires que je fasse
pour ton bonheur. Tu veux que je demande
pour toi la main de la belle Rosa ? Eh bien,
mon ami, il faut aller dîner demain chez le
marquis de Luzzi, et je me charge d'abor-
der l'affaire de ton mariage, et d'avoir quelque succès dans ma démarche.

Mon père s'étendit ensuite sur les avan-
es que nous retirerions de cette alliance.
entra dans les plus grands détails sur cet
jet. Il n'y voyoit que l'accroissement de

notre fortune et de son crédit, tandis que mon cœur ne vouloit que Rosa, et n'ambitionnoit que son amour.

En arrivant à Naples, on remit à mon père plusieurs lettres : dans le nombre, il y en avoit une du marquis de Luzzi. Mon père s'empressa de me la donner à lire, en me disant : tu vois, mon ami, qu'on nous prévient ; ainsi pas plus tard que demain, Rosa et sa famille sauront tes intentions et mes vœux.

Le lendemain en effet, nous nous rendîmes de bonne heure à l'hôtel de Luzzi, et mon père me laissant avec Rosa que nous avions trouvée à son piano, alla se renfermer dans un petit cabinet avec le marquis de Luzzi.... Alors, mon cœur battit avec force ; l'espérance, la crainte vinrent s'emparer de moi tour à tour. J'osai chercher à deviner dans les yeux de Rosa, quelle seroit sa réponse à la proposition de mon père.... Au bout d'un quart-heure, un laquais vient prier Rosa et moi de nous rendre auprès du marquis de Luzzi, qui nous

attendoit dans son cabinet.... Nous entrons.
Le marquis embrasse sa fille, et lui fait part
de la demande que le comte d'Angelli vient
de lui faire de sa main pour son fils....
Rosa rougit, baisse les yeux, et assure
son père qu'elle n'aura jamais d'autre volonté que la sienne.

Nos parens étoient d'accord sur notre
mariage depuis plusieurs jours, et avant de
songer à l'exécution de leur projet, ils vouloient savoir si leurs enfans se convien-
droient. Alors, il me fut permis de faire
ma cour à Rosa, et dès cet instant, M. de
Luzzi me regarda comme son gendre. Rosa
devint plus libre avec moi, et moi moins
timide auprès d'elle. Je la voyois régulièrement tous les jours, et j'étudiai son esprit,
son caractère et son cœur. Mon père m'obtint une prolongation de congé pour trois
mois. Mes assiduités auprès de Rosa furent
remarquées; on devina notre projet de mariage ; on en félicita nos parens qui en
reçurent les complimens, comme si la
chose étoit irrévocablement décidée. Ils en

avaient déjà parlé au roi, à la reine, et au premier ministre Acton, qui avoient applaudi à ce projet. Tout annonçoit que mon mariage alloit bientôt être célébré : déjà l'on parloit des préparatifs pour la noce; mon père avoit remis les diamans de ma mère au meilleur joailler de Naples, pour les monter à la dernière mode ; tout enfin me présageoit que j'allois être bientôt en possession de Rosa, lorsque de sérieuses réflexions vinrent assaillir mon esprit au milieu de mes projets de bonheur et de fête.

J'étudiois Rosa depuis long-temps, et je m'étois déjà souvent aperçu que son esprit étoit léger, son goût frivole, et son caractère inconstant; qu'elle avait un penchant décidé pour la toilette, les plaisirs bruyans; qu'elle avoit de grandes dispositions à la coquetterie, et qu'elle aimoit si fortement les louanges, qu'elles étoient un moyen assuré de se concilier ses bonnes grâces. Malgré l'excès de mon amour, aucun de ses défauts ne m'échappoit. Accoutumé depuis long-temps à analyser, à apprécier les choses, Rosa avoit beau s'observer, se contraindre, je voyois la trempe de son esprit, de son caractère et de son cœur. Elle me voyoit souvent pensif, rêveur; m'en demandoit la cause, cherchoit à la deviner : mais mon cœur, toujours enivré de ses charmes, étoit porté à la plus grande indulgence pour ses défauts : il s'étudioit même à les excuser, il aimoit à parer son idole pour la rendre plus digne de son hommage. Cependant la raison, quelquefois, faisoit taire l'amour; alors j'entrevoyois dans l'avenir de cuisans chagrins, des peines domestiques à côté du bonheur que devoit me procurer monuni on avec Rosa. J'avois quelquefois la force d'en mesurer la somme, et je tombois alors dans la crainte et l'accablement.

Un jour mon père s'aperçut de ma tristesse, et me dit : Comme te voilà rêveur, mon ami ! est-ce que tu crains le fardeau du mariage ? — Non mon père, lui dis-je, mais... — Que signifie ce *mais*? explique-toi. As-tu oublié que je suis ton meilleur ami, celui qui mérite le mieux ta confiance ? »

Alors je fis part de mes pressentimens à mon père, et lui ouvris mon âme toute entière... Il réfléchit quelques minutes, puis répondit du ton de la plus tendre amitié : Ce que tu viens de me dire prouve ton jugement et ta délicatesse..... mais permets-moi, mon ami, de te faire observer que Rosa n'a pas encore dix-sept ans; qu'elle est encore trop enfant pour avoir le caractère formé ; et que cette rectitude que tu lui désires dans le jugement ne peut être que le résultat de l'expérience... Elle a un goût décidé pour la dépense, dis tu ? mais elle peut l'avoir, parce qu'elle est immensément riche... Tu te plains de ses dispositions à la coquetterie ? Eh ! que t'importe qu'elle se fasse adorer de tous les hommes, même des femmes, si cela est possible, pourvu qu'elle n'aime réellement que toi ?... Rosa est encore un enfant que tu formeras comme il te plaira... elle a des principes, de l'esprit, de la sensi-

5.

bilité ; ces moyens suffisent pour conduire
à la vertu, et faire le bonheur d'un mari...

— Mais, mon père !...

— Oh, mon ami ! tu crains d'être malheureux avec Rosa ? Eh bien, il ne faut pas
l'épouser.... Je vais chercher les moyens de
rompre ce mariage...

Ces dernières paroles de mon père me
remplirent d'effroi. J'aimais Rosa, malgré
ses défauts. Jamais je n'aurois eu la force
de renoncer à elle de moi-même. O mon
père ! m'écriai-je tout tremblant, puisque
vous m'assurez que Rosa fera mon bonheur,
et que je pourrai la former à mon gré, j'é-
loigne de mon esprit toute réflexion défavorable à son caractère, et loin de consen-
tir à la rupture de mon futur mariage, je
vous prie d'en presser l'exécution. Comme
l'amour nous aveugle !... Dès-lors je vis
Rosa telle que mon père me l'avoit dépeinte ;
ses défauts disparurent à mes yeux. Enfin
Rosa fixa le jour de notre mariage ; il fut
célébré avec la plus grande pompe, et j'ob-
tins le prix de mon amour.

Mon épouse fut présentée à la cour; sa beauté obtint tous les suffrages. La reine la trouva si fort à son goût, qu'elle se l'attacha. Mon père, après avoir fait mon bonheur, ne chercha qu'à s'entretenir dans la faveur du roi. Mon congé fut encore prolongé de trois mois. Rosa me donna les marques les plus sensibles de son amour : sa conduite même me prouva que mon père l'avoit assez bien jugée. Mon bonheur auprès d'elle augmenta journellement, il fut au comble, lorsque Rosa m'apprit qu'elle portoit dans son sein le gage de notre amour. Mon épouse ne m'en devint que plus chère, et je vis arriver avec le plus grand regret l'expiration de mon congé.

Il fallut se séparer de Rosa. Nos adieux furent des plus tendres. Nous nous jurâmes de nouveau un amour éternel. Mon père arracha Rosa de mes bras. Elle ne vouloient pas se séparer de moi. Il lui représenta que l'honneur et mon devoir m'appeloient à mon poste, comme elle-même aux fonctions de sa place près la de reine... Enfin elle me dit son

dernier adieu, qui fut entrecoupé de sanglots, et je partis pour mon régiment.

Ma correspondance avec mon épouse fut
des plus tendres. Elle me donnoit souvent
des nouvelles de mon père, auprès duquel
je l'avois laissée. Elle me rendoit compte de
sa grossesse, et plus elle approchoit du moment de sa délivrance, plus je l'engageois à
soigner sa santé. Enfin, elle donna le jour
à un bel et superbe enfant. Mon père, en
m'annonçant la naissance de mon fils, m'envoya un congé d'un mois. Je volai à l'instant
vers Naples, où j'eus le bonheur d'embrasser mon enfant et sa mère. Oh, M. Blandini! qu'elles sont douces les émotions que
l'homme sensible éprouve dans les caresses
qu'il prodigue à son premier enfant!..... Il
s'enorgueillit de sa qualité de père ; il admire son ouvrage et se félicite d'avoir ajouté
un chaînon à la grande chaîne qui lie les
générations futures avec celles qui ne sont
déjà plus...

Le roi tint, en personne, mon fils sur les
fonts baptismaux. Mon père étoit au com-

ble de la joie; il voyoit, dans ce nouveau
né, un fils que son amour paternel menoit
déjà par la main au faîte des honneurs et de
la fortune... un héritier de son nom et de sa
gloire... Rosa se portoit à merveille et nour-
rissoit son fils. Oh, que j'étois heureux
au milieu de ces êtres charmans!... mais
ces momens délicieux furent bien courts.
Mon congé expira; mon père, désirant me
transmettre les places, les honneurs, ré-
compense de ses services, m'ordonna d'aller
à mon poste. Que mes sentimens étoient dif-
férens des siens!... J'aurois volontiers re-
noncé, s'il l'avoit permis, à tous les honneurs, aux places les plus éminentes, pour
vivre obscur désormais entre mon fils et sa
mère. Que falloit-il de plus pour ma félicité? Quel bonheur pour moi de jouir de la
tendresse de Rosa, du premier sourire de
mon enfant, de la vue du développement
de ce petit être à qui j'avois donné la vie!...
J'en appelle à votre cœur, mon respectable
ami; vous êtes père, jugez-moi... aussi je
ne me séparai de mon épouse et de mon

fils que la larme à l'œil , et j'eus bien de la peine à faire taire la tendresse paternelle pour écouter la voix du devoir...

C'est vers ce temps-là que la mort vint m'enlever mon ancien instituteur, le vénérable P. Forlini , auquel j'étois infiniment attaché. Il venoit souvent me voir, partageoit toujours mes peines et mes plaisirs. Oh, le brave homme !... Il mourut comme il avoit vécu, sans crainte et sans remords.

Enfin, j'allai joindre mon régiment, et ma correspondance avec Rosa fut toujours des plus tendres.

C'est vers cette époque que le chevalier Fanelli, appelé par son oncle , fut obligé de quitter le service militaire. Son vieux oncle, qui possédoit des richesses immenses, avoit perdu, dans l'espace d'une année , son épouse et sa fille unique. Inconsolable de cette perte, il avoit appelé près de lui son neveu, pour jouir de sa société et le faire son légataire universel... Nous nous séparâmes, les larmes aux yeux , et nous fîmes des vœux bien sincères pour notre réunion.

Quelque temps après le départ de Fanelli, il y eut un mouvement dans les troupes napolitaines. Personne n'en devinoit la
raison. La cour de Naples étoit alors en
paix avec toutes les puissances de l'Europe,
et son état politique sembloit lui interdire
toute espèce de projet de guerre. Mon régiment eut ordre de se rendre dans l'Abbruzze
ultérieure, sur les frontières du royaume.

Il me fut permis alors de séjourner vingt-
quatre heures à Naples. Je ne vis mon père
que quelques instans. Il m'apprit qu'il avoit
déjà refusé plusieurs ambassades que le ministre Acton lui avoit proposées. Il m'assura
que mes intérêts et ceux de mon fils exi-
geoient sa présence à la cour; il avoit ob-
jecté, pour faire agréer ses refus, son âge ,
sa santé chancelante, et la maladie longue
et cruelle qu'il avoit éprouvée dans sa dernière ambassade; il avoit aussi fait entendre
au roi qu'il lui seroit plus utile dans son
conseil que partout ailleurs.

Dès lors je prévis une rupture entre Acton et mon père. Je vis dans l'avenir la per-

sécution planer sur la tête de M. d'Angelli,
suscitée par la jalousie du premier ministre ;
je fis part de mes pressentimens à mon beau-
père , le marquis de Luzzi , qui me répondit que la prudence de M. d'Angelli sauroit
détourner l'orage, s' , par événement, il venoit à gronder sur sa tête.

Mon père , avant de me dire son dernier
adieu, me communiqua une lettre qu'il venoit de recevoir de son frère. Je ne croyois
pas avoir d'oncle paternel , et je fus étonné
de cette confidence. Cette lettre étoit datée
de la Louisiane. Mon oncle apprenoit à
mon père que la fortune avoit enfin réparé
les pertes qu'il avoit autrefois faites au jeu,
et les dépenses énormes que lui avoit occa-
sionnées son amour exclusif pour les femmes ; qu'il revenoit en Europe avec une
fortune immense , et qu'il lui donneroit
bientôt des détails de ce qui lui étoit arrivé
depuis vingt-quatre ans qu'ils ne s'étoient
vus.

Mon père me dit alors, c'est un excellent
homme que mon frère ; mais il étoit, dans sa

jeunesse, si fou, si prodigue, si libertin, qu'il
eut bientôt dissipé son patrimoine. Son re-
pentir, quoique tardif, fut sincère. Je lui
donnai une somme d'argent assez considérable, et je l'engageai à partir pour le Nou-
veau-Monde, afin d'aller y tenter la fortune.
C'est la première lettre que je reçois de lui,
depuis son départ de Naples. Je le croyois
mort depuis long-temps ; il est riche, dit-
il, tant mieux ! il trouvera ici de nouveaux
héritiers ; car je présume qu'il ne s'est jamais marié.... Mon père m'embrassa, me
donna sa bénédiction paternelle , et se rendit au conseil royal , au moment où je me
disposois à quitter Naples. Les chevaux
m'attendoient depuis deux heures. Je donnai mille baisers à mon fils et à sa mère. Je
les recommandai au marquis de Luzzi . témoin de nos tendres adieux. Je m'arrachai
enfin de leurs bras avec effort pour aller
joindre mon régiment qui marchoit vers les
Abbuzzes, et qui avoit déjà fait deux jours
de route de plus que moi, pour arriver à
Aquila. Adieu, mon respectable ami.

D'ANGELLI.

LETTRE XVIII.

Du même au même.

Milan, 28 juin 1805.

MA correspondance avec mon épouse, mon respectable ami, fut pendant environ quatre mois assez soutenue, mais ensuite elle commença à languir. Les lettres de Rosa devinrent plus rares et plus courtes ; une certaine sécheresse y prit la place de cette effusion de tendresse qui les caractérisoit auparavant, et qui m'aidoit à supporter les maux de l'absence. Rosa me donnoit bien des nouvelles de mon fils, elle me disoit bien que sa santé se soutenoit ; que ses forces augmentoient sensiblement, mais elle ne me disoit plus un mot de ses petits sourires, de ses innocentes caresses dont elle m'entretenoit autrefois : elle n'entroit plus dans ces petits détails que l'amour maternel sait si bien saisir, et qu'il peint avec tant d'en-

thousiasme. Cet oubli de sa part m'étonna
beaucoup : d'abord je l'attribuai aux soins
que l'allaitement de mon enfant exigeoit
d'elle, et qui devoient se multiplier à me-
sure que mon fils grandissoit. Je lui en fis
ensuite quelques reproches; elle eut l'air d'y
être insensible.... Rosa, me dis-je, n'est
plus la même; son cœur change. .. Le chagrin vint alors entourer mon âme; mais
l'espoir d'aller bientôt à Naples, et de juger, d'après moi-même, la cause d'un chan-
gement si subit, si inattendu, me fit supporter ces contrariétés avec plus de courage. D'ailleurs, la nouvelle tactique qu'on
avoit introduite dans les troupes napolitaines, nécessitoit des manœuvres fréquentes,
qui m'occupoient beaucoup, et qui m'ar-
rachoient, malgré moi, à mes tristes pressentimens.

Mais voilà qu'au bout de quelque temps,
je ne reçois aucune lettre ni de mon père,
ni de Rosa, ni de mes amis de Naples. Ce
silence soutenu et général m'alarme. Je
me figurai mille chimères.... J'écrivis de

nouveau, point de réponse... Cet abandon
présumé de mes proches, augmenta mes
peines à un tel degré, que j'arrivai de chagrin en chagrin, jusqu'au désespoir. Aurélio, le bon Aurélio, cherchoit à me consoler; mais il me falloit des nouvelles cer-
taines de mon fils, de sa mère, pour que quelque consolation pût entrer dans mon âme.
Que l'incertitude est cruelle, M. Blandini!.... Après une nuit passée dans la plus
violente agitation, je résolus de me rendre
secrètement à Naples.... mais Aurélio me
fit entrevoir combien je causerois de chagrin à mon père, si je quittois mon poste
sans y être autorisé. Il jugea qu'il étoit nécessaire de me rappeler les devoirs de ma
place et de l'honneur, pour me détourner
de mon projet.... Enfin, il finit par me dire:
vous connoissez, mon cher maître, mon attachement pour vous.... permettez que
j'aille à Naples. Je vous promets de mettre
la plus grande célérité à mon retour, et de
vous apporter tous les renseignemens que
vous pourriez prendre vous même. Mettez,

mon cher maître, votre honneur à couvert
de tout reproche, et restez à votre poste.
J'embrassai Aurélio, en lui disant, pars
donc seul, mais sois bientôt de retour; un
quart-d'heure après, Aurélio voloit vers
Naples.

Le départ d'Aurélio, et l'intelligence que
je lui connoissois, suspendirent mon désespoir. Je l'attendois sous dix jours au plus
tard, et le quinzième s'étoit déjà écoulé,
sans qu'il parût. Mon cœur étoit déchiré de
mille manières. Je me disposois à tout braver, à me rendre précipitamment à Naples,
lorsque le facteur du régiment me remit un
paquet de la cour.... Je l'ouvre..., Que
vois-je ? ma destitution de mon grade de
colonel, et mon exil du territoire du royaume
de Naples, sous vingt-quatre heures, le
tout signé du roi, et contre-signé du ministre...... Mes facultés physiques et morales
furent suspendues pendant quelques instans..... mais la certitude de mon innocence ranima peu à peu mon courage. Je me
dis, tu n'as rien fait qui mérite une telle puni-

tion, ton honneur est à l'abri de tout reproche. Il n'y a qu'une machination infernale, une calomnie atroce qui ait pu porter ton souverain à signer un arrêt pareil... Oui.. oui. . j'irai me jeter à ses pieds, je lui prouverai mon innocence ;... il me rendra justice.

J'étois prêt à monter à cheval pour me rendre à la cour, lorsque Aurélio s'offrit à mes yeux. ...Son teint pâle, sa physionomie morne, qui déceloient un chagrin profond, me firent présumer qu'il n'avoit que de grands malheurs à m'apprendre... Après avoir poussé un long soupir, il me regarde, et s'écrie : O mon maître ! tout est perdu...
— Tout ! lui dis-je. —Oui, tout... et à l'instant, il se laissa aller, comme sans connoissance, accablé par la fatigue et la douleur. Je vous laisse à juger, mon estimable ami, l'état de mon âme dans cet instant. Toutes les passions s'élevèrent à la fois dans mon cœur. J'étois hors de moi : je ne me connoissois plus, mon cœur surabondoit d'indignation... Je ne savois même qui accuser

de mes malheurs, et lorsqu'Aurélio eut repris ses sens, je le pressai de m'instruire du
sort de Rosa, de mon fils, de mon père ; il
leva sur moi ses yeux, où se peignoit la pitié, la touchante pitié... O mon maître ! me
dit-il, que vous êtes à plaindre ! que de malheurs je vais vous apprendre.... Je vais porter mille coups mortels à votre âme... Je
frémis moi-même de l'affreux tableau que je
vais mettre sous vos yeux... Le comte d'Angelli est disgracié, il a disparu de Naples,
on ne sait où il est.... Votre enfant se porte
bien, mais il n'est plus allaité par sa mère...
Madame d'Angelli vit, mais vous n'avez plus
d'épouse... O ciel ! m'écriai-je... la fureur
s'empara de moi ; je vomis mille impréca-
tions contre le ciel et la terre ; je saisis mon
épée... Si Aurélio ne me l'eût pas arrachée
et n'eût pas appelé du secours, j'allois ter-
miner ma vie qui m'étoit devenue insup-
portable depuis plusieurs mois. Quand on
a tout perdu, M. Blandini, à quoi sert
l'existence ?... Vivre dans la douleur ? plutôt
le néant... L'arc étoit trop tendu, il devoit

se rompre ou se détendre... Je tombai sans
connoissance, écrasé par le malheur, et ne repris mes sens qu'une heure après... L'idée de
mes maux vint de nouveau exaspérer mon
âme; mes forces revinrent tout à coup, le désespoir alloit encore me saisir, lorsque le
souvenir de mon enfant calma mon agitation.
Je me représentai ce petit être abandonné par
sa mère , livré à des soins étrangers , luttant
contre la foiblesse et les maux qui accompagnent la première enfance. Ses cris... ses
pleurs... se peignirent à mon esprit et vinrent retentir jusqu'au fond de mon cœur...
Il réclamoit son père... et j'étois assez aveu-
glé pour le lui enlever !... Oh non !... pouvoir de la nature ! sentimens paternels ! vous
m'ordonnâtes de vivre pour l'être foible à
qui j'avois donné le jour... Vous retîntes
mon bras... Vous éloignâtes de moi toute
idée de suicide ; vous calmâtes mes sens et
la raison reprit son empire.

Je fis apeler, à l'instant , mon lieutenant,
je lui remis le commandement du régiment,
en lui apprenant ma destitution et mon exil...

C'est en versant des larmes amères sur le
coup affreux que m'avoit porté la calomnie,
qu'il reçut les drapeaux. J'ordonnai au fidèle
Aurélio de tout préparer pour quitter la
garnison dans une heure. A peine fûmes-
nous sortis de la ville, que nous prîmes la
route de Rietti, situé au-delà des frontières
du royaume de Naples, où nous arrivâmes
à deux heures de l'après-midi. Aurélio
s'endormit dans un fauteuil, après avoir pris
quelques alimens. Je relus, pendant son
sommeil, l'arrêt de ma destitution et de mon
exil. La rage s'empara de moi, peu à peu, je
devins furieux d'indignation, et pris la ferme
résolution de me rendre, à l'instant, à
Naples, et d'affronter tous les coups du sort.
Fort de mon innocence, j'éveille alors Aurélio en lui criant : à cheval, morbleu, à
cheval !... Aurélio bride nos montures, et
à peine sommes-nous sur la grande route,
que le bon Aurélio me demande où je pré-
tends aller ? A Naples, lui criai-je, à Naples !... — Mais, Monsieur, me répondit-
il, vous oubliez la défense qui vous est faite

d'y paroître. — A Naples ! te dis-je.... Aurélio ne répliqua pas : nous franchîmes la frontière , et gardâmes l'un et l'autre un morne silence.

Il y avoit à peine une heure que nous étions en route, que je me trouvai mal à perdre connoissance. Quel secours pouvoit me donner le pauvre Aurélio au milieu d'un grand chemin? il m'aida à descendre de cheval , et je me couchai sur la terre. Aurélio alla puiser de l'eau avec son chapeau , à une petite mare voisine du chemin, m'en jeta sur le visage, et je fus soulagé. Etoit-il étonnant, mon respectable ami, que ma santé fût altérée, après les secousses violentes que mon âme venoit d'éprouver?... Aurélio chercha à me consoler.... je le regardai ; il pleuroit... alors mes larmes se firent route, j'en versai beaucoup, et Aurélio et moi , nous fûmes en proie à la tristesse pendant deux heures.

Cependant le soleil baissoit sensiblement. Il nous étoit impossible de voyager la nuit par cette route, fréquentée depuis quelque temps par une bande de voleurs, qui y commettoit beaucoup d'assassinats. Où se réfugier ? Nous n'apercevions aucune habitation humaine.

Enfin je remontai à cheval, malgré ma foiblesse. Nous marchions pour tâcher de découvrir quelques maisons, lorsqu'une cloche, qui sonnoit *l'angelus* du soir, vint frapper nos oreilles. Nous tournâmes nos pas de ce côté, et après avoir traversé un petit bois, et franchi un monticule, nous aperçûmes, à notre droite, un couvent, situé à un demi-mille de nous. Nous bénîmes la Providence, et dans un quart-d'heure, nous y arrivâmes. Au moment où nous mettions pied à terre, pour entrer dans l'église, un frère lai se présenta pour en fermer la porte. Je lui demandai de quel ordre étoit ce monastère, il me répondit *di Santo Francesco*. Je le priai de me présenter au gardien. — Attendez ici un moment, je vais l'avertir, me dit-il.

Quelques minutes après, je vis arriver un religieux d'environ soixante ans, d'une figure où se peignoient la vertu, l'esprit et l'humanité. Vous connoissez cet homme vénérable, mieux que moi, signor Blandini, c'étoit votre respectable ami, le padre Francesco.... Après les complimens d'usage, je le priai de m'accorder l'hospitalité pour la nuit. Bien volontiers, me répondit il, et me prenant par la main, il me fit entrer dans le couvent, en me disant : vous paroissez bien fatigué ! Seriez-vous malade ?... — Je ne suis pas bien, mon père. — Je vais avertir notre frère apothicaire, qui a du talent, il vous soulagera. — J'ai l'âme plus malade que le corps... Je vous remercie... — Eh bien, Monsieur, c'est à Dieu qu'il faut s'adresser ; je le prierai de verser sur vous les trésors de sa miséricorde.

Vous connoissez, signor Blandini, votre bon et vénérable ami à ces discours pleins de religion et d'humanité... Il me quitta pour quelques momens La figure de ce religieux ne me paroissoit pas inconnue. Je l'avois déjà considéré avec attention, et je dis à Aurélio que si le Père Forlini, qui avoit eu soin de mon éducation, ne fût pas mort à Naples lors du baptême de mon fils, j'aurois pris ce padre pour lui. Enfin le père Francesco vint me trouver, et nous conduisit dans une salle décorée de quelques tableaux de religion. Il remarqua que je cherchois à démêler ses traits, et je lui avouai franchement qu'il ressembloit beaucoup à un homme dont le souvenir seroit à jamais gravé dans mon cœur. — Comment le nommez-vous? me dit-il. — Le Père Forlini. — Le Père Forlini ! répondit-il avec étonnement; où l'avez-vous connu ?... Il étoit mon frère — Vous, le frère du respectable Forlini ? de celui qui a fait mon éducation ?... Ah ! mon père, permettez que je vous embrasse ». Il me regarda avec attention, en me disant : Seriez-vous, Monsieur, le fils du comte d'Angelli ? — Oh ! oui, mon révérend Père, je suis son malheureux fils ». Alors, nous nous embrassâmes à plusieurs reprises, et je sentis les larmes de ce bon Père couler sur mon visage.

Il me dit ensuite, Monsieur le comte, vous n'êtes pas bien ici, entrez dans cet appartement, et je vais vous faire servir à manger.

On nous offrit un souper composé de poisson, de légumes et d'excellens fruits. Je forçai Aurélio à s'asseoir auprès de moi ; nous mangeâmes peu de chose, et j'allai joindre le Père Francesco Forlini, qui étoit allé dans la chapelle domestique. Je le trouvai en prières... Oh le bon religieux ! le digne frère de mon instituteur !... Il venoit de prier pour moi, et soit l'effet de ses prières, ou du peu d'alimens que je venois de prendre, je me trouvois déjà soulagé. Il m'embrassa encore, et me dit : M. le comte, permettez-moi de vous observer que l'heure du repos du couvent vient de sonner, il faut que je donne l'exemple de la soumission à la règle. Un domestique est près de vous ; si vous désirez quelque chose, vous n'aurez qu'à tirer le cordon de la sonnette. Permettez que je vous quitte, demain vous me raconterez vos malheurs, allez vous

reposer en paix; je prie le ciel de vous bénir. Adieu.

Le Père Francesco alla dans sa cellule.
J'allai me jeter sur un lit pour tâcher d'oublier un instant mes chagrins, et de goûter
un peu de repos.

Voilà, signor Blandini, la réception que
me fit votre ami Francesco. Si tous les moines
lui ressembloient, le monde seroit trop
heureux de les posséder. Dans ce moment,
peut-être, il prie le ciel pour vous, pour
Anna et pour moi. Vous connoissez l'étendue de l'amitié qu'il a pour vous et pour
ceux que vous aimez.

Adieu, mon respectable ami.

D'Angelli.

LETTRE XIX.

Du même au même.

Milan, 30 juin 1805.

LE lendemain, le père Francesco se leva
à l'aurore, selon sa coutume. Il avoit déjà
élevé ses mains pures vers l'Eternel, pour
le prier de bénir tous les enfans des hommes,
lorsqu'il entra dans mon appartement. En
m'embrassant, il me dit : le Seigneur soit
avec vous !... Avez-vous un peu reposé ? —
Oui, mon père, je me trouve mieux qu'hier.
— Je vous exhorte à supporter avec patience
les afflictions qu'il plaît à Dieu de vous envoyer. Nous, pauvres mortels, ne pouvons
approfondir les décrets immuables de la
Providence. Nous osons quelquefois mur-
murer contre elle, et nous plaindre de cer-
tains événemens qui, quoique cruels en
apparence pour le moment, deviennent
souvent la source d'un bonheur à venir, auquel nous étions loin de nous attendre. Pa-

tience, courage et résignation! voilà ce qui
peut nous aider à supporter les vicissitudes
malheureuses de la vie... Nous ne sommes
ici bas mon cher comte, que pour quelques instans. La vie humaine n'est qu'un pè-
lerinage. Sachons élever nos yeux vers le
ciel, notre future demeure, et mépriser les
obstacles qui se présentent dans le cours de
la vie humaine, pour nous empêcher d'arriver au céleste séjour. La patience qui nous
fait supporter nos maux avec résignation,
est une vertu qui nous procure la paix de
l'âme, et nous aplanit la route pour arriver au bonheur éternel....

. Quoique je n'aime guère la morale qu'en
action, signor Blandini, j'écoutois avec respect le discours du vénérable père Francesco... Il me sembloit encore entendre son
digne frère, mon père Forlini... Ensuite je
racontai tout ce que je savois de mes malheurs à notre vénérable ami, et lui montrai
l'arrêt de ma destitution et de mon exil....
Il leva les yeux vers le ciel, me serra la
main, et me dit en versant quelques larmes :

6.

ayez confiance en Dieu ; cet Etre juste et
bon ne vous abandonnera pas. . Après quelques momens de réflexion, il ajouta : Où
comptez-vous aller maintenant , mon cher
comte , puisque vous êtes exilé de votre patrie ?...

A Naples , lui répondis-je , pour embrasser mon fils.... l'arracher à sa mère.... et...
— Arrêtez, mon cher comte ! les apparences
sont souvent trompeuses... dans tous les cas,
abandonnez au ciel votre vengeance... Mais
comment oserez-vous vous montrer dans
Naples ? Ne craignez-vous pas le ressenti-
ment du premier ministre... la haine des ennemis de votre famille... la prison... et peut-
être le supplice ?...

— Cela ne me retiendra pas, je suis résolu à tout braver plutôt que de quitter le
royaume de Naples, sans embrasser mon
fils, sans voir par moi même toute l'étendue
de mes malheurs.

— Mais si vous croyez que votre enfant
ait besoin de votre secours, pourquoi allez-
vous vous exposer à le priver à jamais de son
père ?...

— C'est ma seule crainte... Je prendrai toutes les précautions que me suggérera la prudence... Je me déguiserai...

— Où irez-vous loger?

— Je n'en sais rien...

— Si vous le voulez, je vous donnerai une lettre de recommandation pour le gardien de notre couvent à Naples : il vous recevra avec plaisir, et vous serez en sûreté chez lui...

— Je l'accepte avec reconnaissance. Mais il me vient une idée que... je n'ose vous dire...

— Parlez, mon cher comte, parlez...

— Si vous me prêtiez un de vos habits?...

— Oh!... Je vois à cela trop d'inconvéniens; cela ne m'est guère possible...

— Ah, padre Francesco! c'est l'élève de votre frère qui vous en prie! c'est au nom de ce frère chéri que je vous le demande...

— Oh, mon cher comte! si la chose dépendoit de moi, vous n'auriez pas besoin de chercher à m'émouvoir... Attendez un moment, il me vient aussi une idée. Je n'ose prendre sur moi de vous revêtir de notre habit... Je vais consulter la communauté, et soyez assuré que je ferai ce qui dépendra de moi pour que votre demande soit favorablement accueillie par mes confrères.....

Il sortit, et au bout d'un quart-d'heure il revint avec un habit de moine à la main. Tenez, me dit-il, voilà ce que vous m'avez demandé ; la communauté vous l'accorde ; sous la condition que vous promettrez solennellement de ne pas le profaner.

— Oh oui, mon père! je vous le jure!... J'appelai Aurélio, je lui fis part de mon projet : il demanda la même grâce, et l'obtint.

Pendant que le padre Francesco écrivoit sa lettre au gardien du couvent de son ordre à Naples, nous avons endossé le froc, arrangé toutes nos affaires, pris nos pistolets en cas de mauvaise rencontre, et nous sommes ensuite montés à cheval. Nous sommes

arrivés en peu de temps à Naples, où nous
avons été parfaitement bien reçus par le
père gardien du couvent de Saint-François.

Ce gardien, plus rusé que le vénérable père
Francesco, nous loge dans l'appartement des
pères étrangers, et déclare à sa communauté que Aurélio et moi nous sommes des
missionnaires destinés pour les échelles du
Levant, que nous séjournerons très-peu de
temps à Naples, si nous trouvons un navire
qui fasse bientôt voile pour Smirne, Alger
ou Tunis. Admirez, mon respectable ami,
l'adresse de ce padre, pour mettre à profit
notre séjour. Il nous procure l'autorisation
légale pour faire une quête publique de
maison en maison, pour le rachat des chré-
iens captifs dans le Levant, et nous dit, en
nous remettant la pancarte authentique, j'espère que vous ramasserez quelqu'argent,
mais que vous le laisserez à notre couvent,
qui est pauvre et sans moyens, depuis que
la charité chrétienne s'est attiédie. Je lui répondis : Soyez tranquille, mon révérend
père, vous aurez lieu d'être content de nous.

Veuillez bien nous procurer un homme af-
fidé qui puisse faire à l'instant nos commissions en ville. Le gardien appelle un domestique du couvent, habitué aux commissions secrètes, et lui ordonne d'exécuter
nos ordres pendant tout le temps que nous
resterons à Naples. Je donne quelques ducats à cet homme pour stimuler son zèle
et sa promptitude. J'écris un mot au chevalier Fanelli ; Aurélio mande à son frère
Carolo de venir le trouver, et notre homme
fait nos commissions à merveille. Carolo arrive ; il est bien étonné de voir son frère
moine de Saint-François. On le met au fait
des motifs de notre arrivée à Naples ; il jure
par Saint-Janvier de nous être utile autant
qu'il le pourra.

Fanelli, étonné de recevoir de moi un
billet de Naples à Naples, vole au couvent
que je lui ai désigné. Il ne peut d'abord
s'empêcher de rire de me voir sous le froc,
mais des idées plus sérieuses vinrent bientôt s'emparer de son esprit.... Il me voit
pâle ... il considère avec tristesse les rava-

ges du chagrin sur ma figure , il m'embrasse
et me tient long-temps serré dans ses bras...
Je tremble pour toi, me dit-il, qu'on ne te
découvre à Naples.... tu serois perdu sans
ressource , car on a juré ta perte.... Je sais
qu'on arrête depuis long-temps à la poste
les lettres qui te sont adressées. Je me proposois de t'envoyer un domestique fidèle
chargé de mes dépêches, lorsque j'ai appris ta destitution et ton exil.... Asseyons-
nous, et rappelle tout ton courage, pour
entendre le récit des malheurs qui désolent
ta famille depuis long-temps.

Pour être plus clair, poursuivit Fanelli,
je dois entrer dans quelques détails sur la
cause qui a fait éclater la haine d'Acton
contre ton père. Te rappelles-tu de la bataille de Marengo, qui couvrit la France de
gloire et qui força les puissances de l'Europe
à faire la paix avec le Gouvernement français ?... La politique astucieuse du cabinet
britannique ne tarda pas à troubler ces momens de tranquillité. L'Angleterre n'eut l'air
d'écouter et de conclure quelques prélimi-

naires de paix, que pour avoir mieux le
temps de concerter ses projets hostiles contre la France, son antique rivale, de les
faire clandestinement adopter par les autres
puissances, et de se concerter avec elles
pour perdre le Gouvernement français avec
plus de certitude. Ce projet de coalition
fut discuté au conseil royal de Naples. Le
comte d'Angelli, trop ami de son roi, de
sa patrie, pour adopter la perfide politique de Pitt, combattit ce nouveau plan de
coalition, avec cette force, cette énergie,
qu'inspirent l'amour de la vérité et le respect qu'on doit aux traités solennels. Le roi
applaudit à l'opinion sage de ton père, et
l'adopta. Acton, qui avoit déjà accédé aux
suggestions du cabinet britannique, et qui
avoit juré de déterminer la cour de Naples
à faire partie de cette coalition, mit tout
en usage pour détruire l'influence de ton
père sur l'esprit du roi; et n'écoutant que
son dépit et sa rage, il chercha d'abord à
tourner en ridicule l'avis du comte d'Angelli; puis il se permit, en présence du roi

même, de proférer des invectives contre
ton père, et de l'attaquer ouvertement dans
sa probité, son honneur, et surtout dans
ses lumières et ses talens politiques. Ton
père, indigné de l'audace d'Acton, cherche alors à l'humilier, et lui dit : « Vous,
qui vous piquez d'avoir assez de génie pour
prévoir les événemens et les maîtriser à votre gré, pourquoi n'avez-vous pas, en 1799,
prévu l'invasion du royaume de Naples par
l'armée française?.... Après la défaite de
nos troupes dans l'Etat ecclésiastique, vous
aviez plusieurs moyens de tenir tête aux
Français, de les repousser même avec avan-
tage ; mais au lieu de tenter un seul de
ces moyens, qu'avez-vous fait?... Vous
avez laissé organiser l'anarchie à Naples ;
vous avez empêché le roi de se montrer au
peuple qui le demandoit à grands cris :
vous l'avez forcé d'abandonner sa capitale....
Eh, qu'auriez-vous fait de plus, si vous
eussiez voulu livrer le royaume de Naples
aux Français, après le leur avoir vendu ?...
Vous avez perdu le royaume, le roi, la

reine , la famille royale, et vous avez fait égorger les sujets du roi par ses sujets mêmes.... Je ne crains ni les disgrâces ni les menaces , lorsqu'il s'agit des intérêts de mon roi , de ma patrie : ici la vérité doit être dans ma bouche , et je déclare que la cour de Naples ne peut entrer dans une nouvelle ligue contre la France, sans manquer aux traités solennels qu'elle ad éjà conclus avec cette puissance , et sans s'exposer à des malheurs incalculables dans les circonstances présentes.... »

Ces reproches mérités confondirent Acton ; le conseil les approuva en gardant le silence ; et le roi, qui se souvenoit trop bien des résultats sinistres de la coalition de 1799, se prononça de nouveau contre la nouvelle ligue, et fit des remercîmens publics à ton père de son zèle pour le bien public, et de son sincère attachement à sa personne.

Dès cet instant, Acton voua une haine implacable au comte d'Angelli, et, de concert avec ses favoris, il chercha le moyen

de le perdre. On eut alors recours à la calomnie ; on supposa à ton père des relations
avec les ennemis de l'état. On dit au roi,
que le comte d'Angelli ne combattoit avec
tant d'opiniâtreté les projets de son premier ministre, que par une basse jalousie....
qu'il étoit à la solde du Gouvernement
français, et qu'on en avoit déjà les preuves ;
qu'il falloit d'abord le chasser du conseil,
puis le déclarer coupable de haute trahison,
et lui faire son procès.... On inventa une
nouvelle conspiration ; les créatures d'Acton
en organisèrent dans l'ombre les preuves à
la hâte, le comte d'Angelli en fut déclaré
le moteur et le chef.... On mit si souvent
sous les yeux du roi cette odieuse calomnie, qu'on parvint à la lui faire croire. Dès
lors, la perte de ton père fut résolue. Mais
un des amis du comte d'Angelli l'avertit en
secret de la trame infâme qu'on ourdissoit
contre son honneur, sa liberté, sa vie. Il
lui apprit qu'on étoit enfin parvenu à éga-
rer le roi sur son compte, et qu'on devoit

le destituer le lendemain, l'arrêter et le faire mettre en jugement. Ton père prit avec lui tout l'or et les pierreries qu'il avoit; dit, dans son hôtel, qu'il alloit passer deux jours à sa maison de plaisance d'Ariano, et quitta précipitamment Naples, pour éviter la prison et le supplice.

Comme tu étois absent depuis quelque temps de Naples, tu ne fus pas d'abord enveloppé dans la disgrâce de ton père : mais dans la suite, la Junte, qui avoit déjà condamné, par contumace, ton père à la mort, t'a compris dans le nombre des *suspects*, et a ordonné que tes lettres seroient interceptées pour obtenir des preuves contre toi. Ton épouse t'a expédié deux courriers dans le temps, qui ont été arrêtés par ordre de la Junte. Rosa a fait plusieurs démarches auprès de la reine et d'Acton pour tout pacifier ; mais ses tentatives, loin d'avoir amené les choses à un raccommodement, n'ont servi qu'à lui donner des torts et des ridicules dans l'opinion publique,

Elle s'y est mal prise, sans doute ; on lui a peut-être tendu des pièges dans lesquels elle a donné, faute d'expérience.

Voilà, mon cher ami, la cause de la proscription de ton père et de toute ta famille. Il me reste encore à t'entretenir de Rosa.

Parmi les Anglais arrivés à Naples depuis quelques mois, il y a un colonel nommé Woodford, qu'on dit bel homme, riche et surtout très-galant auprès des dames. On dit qu'il fait tourner la tête à toutes celles de la cour et de la ville ; mais on assure que Rosa seule a su le fixer... Il circule sur ce sujet des bruits qui, s'ils étoient vrais, ne feroient guère d'honneur à la vertu ni au cœur de Rosa.... Je me plais à croire que ces propos ne sont inspirés que par la jalousie et la méchanceté.... Si Rosa t'est infidèle, elle est un monstre qui ne mérite de ta part ni attachement ni indulgence....»

Ces dernières paroles de Fanelli me firent faire un bond qui m'enleva de mon siège.... Alors je marche à grands pas dans ma chambre ; la rage, toutes les passions

violentes s'emparent à-la fois de mon âme...:
je sens que le délire va me saisir. Fanelli
s'en aperçoit; il emploie tous les moyens de
me calmer, et vous savez, signor Blandini,
que, dans cette circonstance, il étoit plus
facile à Fanelli de me donner des conseils,
qu'à moi de les suivre.... Cependant il réussit à modérer ma vive agitation; il me parla
de mon pauvre enfant.... Au souvenir de ce
petit être à qui j'avois donné la vie, le calme
vint peu à peu s'emparer de mes sens. L'espoir de le voir, de lui prodiguer mille caresses, suspendit ma douleur. Dès que Fanelli me vit plus tranquille, il me fit observer qu'étant obligé d'aller le soir même à la
maison de campagne de son oncle, il étoit
forcé de me quitter. Il me promit de revenir à Naples dans deux jours, et de passer
ensuite quelque temps avec moi. Il m'exhorta
à me défier de tout le monde, et surtout à
mettre la plus grande prudence dans les démarches que je me proposois de faire : nous
nous embrassâmes; il me fit ses adieux.

Aurélio vient ensuite me trouver. Je lui

fis part de tout ce que m'avoit dit le chevalier Fanelli, et nous nous concertâmes
pour les recherches que nous devions faire le
lendemain. Nous reçûmes la visite de quelques moines du couvent, qui voulurent souper avec nous; mais je ne pris qu'un bouil-
lon. Je prétextai une grande migraine, pour
aller rêver dans mon lit à mes malheurs, et
aux moyens à prendre pour les faire cesser,
ou du moins les adoucir.

Adieu, mon respectable ami.

D'ANGELLI.

LETTRE XX.

Du même au même.

Milan, 2 juin 1805.

L<small>E</small> lendemain, mon respectable ami, aux premiers rayons du soleil, Aurélio et moi nous endossâmes notre froc. On nous servit un bon déjeuné, et le père gardien, qui ne perdoit pas de vue les intérêts de son couvent, nous engagea à profiter de la fraîcheur de la matinée pour commencer notre quête, et nous souhaita un bon succès.

La tête enfoncée dans nos capuchons, et nos pistolets dans nos poches, nous sortîmes du monastère, et parcourûmes plusieurs rues pour arriver à l'hôtel d'Angelli, où je me proposois d'aller en premier lieu. Au détour d'une rue, Aurélio me fit remarquer un laquais de Rosa qui portoit une livrée étrangère. Cela nous étonna, et mon cœur battit avec force... Nous filâmes, et parvînmes à l'hôtel d'Angelli. Je demande

mon père ; on ne le connoît pas. Le nouveau suisse m'apprend que le plénipotentiaire d'Angleterre occupe tout l'hôtel. C'é-
toit précisément l'heure de son audience.
Nous demandons à y être présentés. Une espèce de secrétaire nous demande ce que
nous souhaitons, et après avoir jeté un coup
d'œil sur notre pancarte, qui nous autorise
à quêter pour les chrétiens captifs dans le
Levant, il nous dit, d'un ton d'insolence,
en mauvais italien, que son maître ne recevoit jamais dans son cabinet ni prêtres ni
moines : que si nous voulions mettre par
écrit ce que nous désirions de son excellence, il lui présenteroit notre supplique.
Je le remerciai, et nous lui tournâmes le
dos.

En nous retirant, nous vîmes arriver dans
la cour, une superbe voiture avec trois laquais derrière. Nous en vîmes descendre
un assez bel homme, blond, revêtu d'un
uniforme étranger, et ensuite une dame...
Ah, signor Blandini !... C'étoit Rosa ! Rosa
elle-même et Woodford, qui venoient

déjeuner avec le plénipotentiaire de la
Grande-Bretagne... Ma colère s'alluma tout
à coup ; je saisis mes pistolets... J'allois me
trahir, si le prudent Aurélio ne m'eût pas
retenu... Ils montèrent les degrés, et ne
firent pas attention à nous. Lorsque je fus
un peu revenu de mon agitation, je dis à
Aurélio : Il faut aller chez Rosa, pendant
son absence... Peut-être serai-je assez heureux pour y voir mon fils. Je demande l'a-
dresse de Woodford à la loge du suisse, et
je vole à son hôtel. Quelles réflexions
cruelles venoient alors déchirer mon âme,
mon respectable ami !... déjà mes soupçons
commençoient à se changer en certitude...
Je voyois déjà Rosa couverte d'infamie...
Enfin j'arrive chez Woodford, on me dit à
sa porte, que monsieur et madame sont
absens.... Nous sommes très-fatigués, dis-je
au portier, qui étoit Napolitain ; permettez
que nous allions attendre, dans la maison,
le retour de vos maîtres ; il n'osa refuser cela
à notre saint habit.

En allant vers le vestibule, j'aperçus,

près de la porte du jardin, une femme qui
jouoit avec un enfant d'environ un an. Je
m'approche. A qui est cet enfant, ma bonne?
lui demandai-je. — A madame la comtesse
d'Angelli, me répondit-elle. Oh, signor
Blandini! par un instinct naturel, j'avois
déjà pris cet enfant dans mes bras, et je lui
prodiguois mille caresses. Sa nourrice en
étoit étonnée... Ma bonne, lui dis-je, j'aime
les enfans à la folie; je trouve celui-ci beau
comme un ange. — Ah! mon père, cela n'est
pas étonnant qu'il soit beau !... on dit que
son père est très-bien, et madame est la plus
belle femme de Naples. — Vous ne connoissez donc pas le comte d'Angelli? —
Non, mon père; on le dit bien loin de Naples dans ce moment : il n'y a que deux mois
que je suis dans cet hôtel, et comme madame d'Angelli n'a pas voulu finir l'allaitement de son enfant, on m'a prise pour y
suppléer.

Jugez, signor Blandini, comme j'avalois
goutte à goutte, le calice d'amertume !... Le
rouge me montoit à la figure... Aurélio

craignoit encore une imprudence de ma part.... Il me prend par le bras, m'entraîne malgré, moi en disant à la bonne : Puisque vos maîtres sont absens, nous reviendrons dans un autre moment... Je reprends cependant ma tranquillité... Je me livre de nouveau aux élans de la tendresse paternelle. J'embrasse mille fois mon fils, il me sourit, ses petites mains se promènent légèrement sur ma figure, et j'oublie, pendant quelques momens, mes malheurs. Aurélio m'arrache à mon bonheur ; je donne dix ducats à cette bonne, et lui recommande d'avoir bien soin de ce bel et aimable enfant. Je me retournai vingt fois pour voir encore ce fils chéri. Je ne pouvois le quitter ; il me sembloit que je ne devois plus le revoir. Je fis quelques pas vers lui pour l'arracher des bras de sa nourrice, et l'emporter... Aurélio devina mon dessein, et me dit tout bas : point d'imprudence, mon cher maître, nous ne quittons pas Naples à l'instant ; nous pourrons concerter avec M. Fanelli et Carolo, l'enlèvement de votre enfant, sans vous

compromettre... Faites taire l'amour paternel, et laissez parler la raison.

Je cédai, malgré moi, aux avis du prudent Aurélio, et nous sortîmes de cet hôtel, en rendant grâce à la Providence de la
bonne santé de mon fils, et de la faveur
qu'elle avoit bien voulu m'accorder de pouvoir le voir, l'admirer, et le caresser à mon
aise.

La chaleur étoit si considérable que sous
le capuchon, les gouttes de sueur tomboient
le long de mon visage, et mouilloient ma
cravate. Je me déterminai à revenir au couvent de Saint-François. A peine y fûmes-
nous arrivés, que le gardien vint à notre
rencontre, et nous demanda si notre quête
avoit été heureuse. Je lui mis dans la main
cinquante ducats, en lui disant : voilà notre
matinée.... « Bravo! bravo! s'écria-t-il, con-
tinuez ». En comptant les ducats que je venois de lui donner, la joie avoit déridé
son visage, et son contentement déceloit
son amour excessif pour l'argent.

Je laissai passer la chaleur du jour ; je ne

sortis qu'au crépuscule, et j'allai trouver l'intendant de mon père, qui fut très-surpris de me voir à Naples. Au lieu de me donner des nouvelles du comte, il m'en demanda. Cet honnête homme, plus équitable et plus sensible que les gens de sa sorte, après avoir un peu ri de me voir moine de Saint-François, versa des larmes amères sur les malheurs qui me forçoient à me déguiser, et sur ceux de mon père, qui l'avoient forcé à s'expatrier. Il m'avoua qu'il avoit à M. d'Angelli une somme de quinze mille ducats, et qu'il étoit disposé à me rendre ce dépôt, sur une déclaration de ma main. Je le pris au mot : on n'a jamais trop d'argent dans la position où je me trouvois. Il me compta les ducats, je lui en donnai la décharge, et j'emportai mon or au couvent de Saint-François. Je fus assez prudent pour le soustraire aux yeux des moines, dont la cupidité étoit si grande, qu'elle auroit pu les porter aux crimes les plus inouis, pour me le ravir. Aurélio et moi, nous le cachâmes dans notre appartement, où il au-

roit été difficile de le découvrir. Pendant
que nous faisions cette opération prudente,
Aurélio me disoit : ô Monsieur, quelle différence entre les moines de ce couvent et
le Père Francesco des Abruzzes?. . Ce padre
Francesco est un ange, et ceux-ci sont des
diables... Ils n'ont de religieux que l'habit...
S'ils vous soupçonnoient quinze mille ducats, ils seroient capables de nous conduire,
pieds et mains liés à leur *vade in pace*.. Qui
nous réclameroit alors...? Ces moines de-
viendroient vos héritiers malgré vous, sans
avoir même de compétiteurs ; car personne n'entendroit jamais plus parler de
nous.

A peine avions-nous fini de cacher mon
or, que nous entendîmes le Père gardien,
dans la pièce voisine, rire aux éclats avec
quelques-uns de ses moines. O ciel ! s'écria
Aurélio , quelle joie tumultueuse !... Au-
roient-ils appris que vous avez reçu ce soir
beaucoup d'or ? —Oh, cela est impossible !
L'intendant de mon père ne sait pas que je
loge dans un couvent, et je n'ai rencontré sur

mes pas aucun moine... A peine je finissois
de prononcer ces mots, que voilà le gardien
qui entre dans ma chambre et me dit : padre,
nous venons vous prier de souper avec nous.
Vous avez couru ce matin; vous avez eu
chaud en faisant votre quête, venez prendre
des forces pour demain matin. « Il me prend
par la main et me conduit sous un berceau
de pampre au fond du jardin. Une table
copieusement et délicatement servie, se présenta à nous. Je vis, d'un clin d'œil, que ce
repas avoit été ordonné par un de ces gour-
mands, qui, comme le dit l'Ecriture-Sainte,
ont fait un dieu de leur ventre. Une grande
quantité de bouteilles étoient entourées de
glace... Rien ne manquoit à ce festin, et
j'en témoignai ma surprise au gardien, qui
me répondit en souriant: Nous avons voulu
vous témoigner notre satisfaction de votre
heureuse arrivée dans notre communauté...
Mangez, buvez... lorsque vous serez à Tunis, vous éprouverez souvent la faim et la
soif; car quelques-uns des missionnaires
qui ont échappé aux funestes influences du

climat dévorant que vous allez habiter, nous
ont raconté à leur retour , combien ils
avoient souffert, dans leurs missions , de
peines , de privations et de maux... Buvez,
mangez, réjouissez-vous , en attendant les
tribulations... »

Nous nous assîmes autour d'une table
ronde. Ce repas avoit l'air d'une orgie , les
vins de toute espèce n'y furent pas épargnés,
et les moines burent à rasades, du vin grec
et du *lachrima Christi*... Au dernier toast,
le Père gardien me tendit amicalement la
main , et la tête pleine de vin, et le cœur
rongé d'avarice, il me dit : « A votre quête de
demain !... j'espère qu'elle sera aussi bonne
que celle de ce matin... qu'ils sont heureux,
ces pauvres captifs du Levant, d'avoir un
avocat tel que vous !... » Nous nous séparâmes, et je suis encore à concevoir comment ces moines purent trouver, après avoir
tant bu , la porte de leur cellule.

O padre Francesco ! si vous aviez été
témoin des excès de ces prétendus religieux ; comme votre cœur auroit été déchi-

7.

ré!... Ils n'ont ni vos vertus, ni votre morale,
ni votre charité....

J'allai essayer de prendre quelque repos.
La joie bruyante des moines m'avoit tellement étourdi , que j'en avois grand besoin.

Adieu , mon respectable ami.

D'ANGELLI.

LETTRE XXI.

Du même au même.

Milan , 4 juillet 1805.

MALGRÉ mes peines, mes chagrins, mon
respectable ami , je m'endormis presque
aussitôt que j'eus quitté les moines; je ne
m'éveillai le lendemain qu'à six heures. Il
étoit déjà grand jour; j'appelai Aurélio, nous
fîmes notre toilette; et après avoir légèrement déjeuné, Aurélio et moi, nous sortîmes du couvent dans le même costume
que la veille. En parcourant les rues de
Naples, je m'arrêtai devant l'hôtel du marquis de Luzzi. Je frappai; un voisin me

cria : Mon révérend Père, cet hôtel n'est
plus habité depuis deux mois. O dieu !
m'écriai-je... quel contre temps ! Je m'ap-
prochai du voisin de l'hôtel, et lui demandai s'il savoit où étoit le marquis de Luzzi. —
A sa maison de campagne, me répondit-il.
Cette famille a, dit - on, été exilée par un
arrêt de la Junte. — O ciel ! quelle persécu-
tion ! m'écriai-je. — Gardez le silence, mon
père, il y a dans Naples tant de...Il cessa tout
à coup de parler, à l'arrivée d'un homme qui
venoit l'accoster. Ce nouveau venu nous dit :
Que veulent ces bons pères ? Nous demandons une adresse, lui répondis-je, et le signor vient de nous la donner. Adieu.

Plus j'allois en avant dans mes recherches,
et plus je découvrois les traces de la vengeance d'Acton contre mon père et ma famille.

Mon amour paternel ramenoit sans cesse
mes idées vers mon enfant. J'allois, sans y
songer, vers les lieux qu'il habitoit ; déjà
nous étions devant l'hôtel de Woodford,
sans avoir formé le projet d'y aller. En con-

sidérant cet hôtel : voilà où est mon fils, et l'infâme Rosa, dis-je à Aurélio. Voilà où le crime et l'innocence habitent sous le même toit!... Entrons, tandis que tu parleras à Woodford, je considérerai Rosa, et je chercherai le moyen de voir mon fils, sans me faire connoître. Il est impossible qu'on me reconnoisse sous ce froc, et sans être taxé d'imprudence, je puis tenter bien des choses sous ce déguisement. Allons.

Nous frappons, on se rappelle que nous nous sommes présentés la veille. M. le colonel et madame, nous dit le portier, déjeunent dans ce moment dans le jardin, vous pouvez les y aller trouver. Nous rencontrons un laquais, qui portoit à l'office les débris du déjeuner de ses maîtres ; nous le prions de nous annoncer. Allez, vénérables pères, nous dit-il, vous trouverez M. et madame dans la grande allée du jardin. Nous avançons, et nous voyons Rosa et Woodford entrer dans un cabinet de verdure. Je dis alors à Aurélio:Approchons doucement, tâchons, sans nous montrer, d'entendre ce qu'ils disent. Nous longeons une muraille couverte d'échalas ; nous apercevons une petite porte de derrière, dont la clef étoit dans la serrure, et en dedans du jardin. Aurélio me touche le coude, et me dit tout bas : « Cette porte pourra nous servir de retraite, en cas de besoin ; et par précaution, je vais la laisser ouverte, en prendre la clef et la mettre dans ma poche ».

Enfin nous arrivons sur la pointe de nos pieds, auprès du cabinet où nous avons vu entrer Rosa et Woodford. En dérangeant quelques branches de rosier et de jasmin, nous pouvons les voir sans en être vus, et les entendre tout à notre aise. Woodford, assis sur un banc de verdure, tenoit Rosa sur ses genoux, jouoit avec les boucles de ses cheveux, les paroit de fleurs qu'il cueilloit dans le bosquet même ; il l'embrassoit de temps en temps, et Rosa lui rendoit ses baisers amoureux. Ah, mon ami ! disoit Rosa, que nous sommes heureux et tranquilles !... nous réalisons le charmant tableau des amours de Renaud et d'Armide

dans le palais enchanté, si bien peint par le
Tasse !...

— M'aimes tu, Rosa, autant qu'Armide
chérissoit Renaud ?

— Oh, plus que ma vie ! Et toi, Woodford ? — Ah! ma Rosa, je t'adore !....
et spontanément, ils se mettent à chanter
le duo de Gluck dans l'Opéra d'Amide.;

Aimons-nous ! aimons-nous ! tout nous y convie.

Pendant ce chant amoureux, Aurélio me
tenoit par le bras ; il craignoit que je ne me
montrasse : j'étois stupéfait, et tranquille en
apparence ; mais la tempête s'élevoit dans
mon cœur... Enfin, ce chant étoit accompagné de regards, de gestes qui déceloient
des cœurs bien épris. Peu à peu Rosa et
Woodford s'enflamment, soupirent... Le
délire amoureux se peint dans leurs yeux...
Ils alloient me déshonorer, lorsque j'é-
chappe à Aurélio. Je prends mes pistolets ;
je cours, en fureur, dans le berceau. « Dé-
fends-toi, vil séducteur, dis-je à Woodford,
d'une voix de tonnerre ; reconnois le comte

d'Angelli ; et toi, infâme Rosa, meurs de honte !... A l'instant, je mets un pistolet entre les mains de l'Anglais, je fais trois pas en arrière ; je lui crie, tire scélérat !... nos deux armes partent à la fois, et Woodford tombe sans connoissance, baigné dans son sang. J'allois vers Rosa, pour l'écraser sous mes pieds, lorsque je la vois évanouie. Je lui arrache le portrait de Woodford, qu'elle avoit suspendu à son cou : je le brise sous mes pieds. J'aurois, sans doute fait subir le même sort à l'infâme Rosa, si Aurélio ne m'en eût empêché, en m'entraînant hors de ce cabinet.

Le bruit du coup de pistolet avoit déjà donné l'alarme à toute la maison. Les valets, qui avoient quitté leur déjeuné, entroient en tumulte dans le jardin, et nous allions être arrêtés et reconnus. Mais Aurélio, qui étoit plus de sens-froid que moi, m'entraîna vers la petite porte que nous avions déjà remarquée ; il l'ouvre, nous sortons, et de dehors, nous la fermons à double tour. Nous enfilons une petite rue, traversons une église, et par des chemins peu fréquentés, nous arrivons au couvent. Je prends mon or et mon porte-feuille, tandis qu'Aurélio se saisit de nos porte-manteaux, et selle précipitamment nos chevaux. Je dis à un moine que je trouve sur mes pas, que nous allons quêter à un demi-mille de la ville, que nous sommes très-pressés. Nous partons, et nous avons quitté Naples, avant qu'on ait pu nous découvrir. Nous courons à toute bride, sur la route de Capoue; nous ne nous arrêtons ensuite que pour faire rafraîchir nos chevaux, et enfin, nous arrivons, sans accident au couvent du padre Francesco, qui fut fort étonné de nous revoir sitôt.

J'éprouvai, je l'avoue, une certaine confusion, à l'aspect de ce vénérable religieux. « Eh bien, mon cher comte, me dit-il, en m'embrassant, avez-vous réussi dans votre entreprise ?... Quelque catastrophe a-t-elle hâté votre retour ?... ». Je n'osai, d'abord, lui répondre... mais je finis par lui raconter ce qui m'étoit arrivé. Lorsque je lui parlai

de l'idée du Père gardien de Naples , sur la quête qu'il nous avoit engagé à faire , de ses observations , de ses festins , il leva les yeux vers le ciel, en poussant un soupir...
« Je vois , me dit-il , que la corruption des grandes villes s'étend jusque dans les cloîtres ». J'étois embarrassé pour lui parler de mon duel avec Woodford; il s'en aperçut: mais la franchise l'emportant sur ma honte, je lui en fis un récit fidèle... « Je vous excuse , me dit-il , il est des momens où l'âme la plus innocente ne peut répondre de sa vertu... J'espère que le ciel vous aura fait la grâce de ne pas tuer cet Anglais... La mort qu'on a donnée à son semblable, pèse éternellement sur un cœur honnête et sensible... Cette affaire peut avoir des suites fâcheuses pour vous, mon cher comte ; partez d'ici demain au point du jour , quittez le royaume de Naples , et rendez - vous en diligence à Florence, où j'ai un véritable ami, qui vous recevra dans son hôtel, avec plaisir, et qui vous procurera tous les passeports que vous voudrez. Je vais lui écrire ce

soir, et allez vous reposer dès que vous aurez pris quelques alimens.

Le lendemain, à l'aurore, le padre Francesco vint me réveiller; il me remit une
lettre pour vous, mon respectable bienfaiteur; il me tendit les bras pour m'embrasser ». C'est sans doute, me dit-il, pour la
dernière fois que je vous vois. Je suis au
bout de ma carrière. Je prierai le ciel de
vous bénir. Dans quelque pays que vous
alliez, rappelez-vous quelquefois du padre
Francesco Forlini.... » Les pleurs nous cou-
pèrent la parole; nous nous embrassâmes
sans pouvoir nous dire un mot, et je partis.
Vous savez le reste, mon respectable ami.
Je pars demain de Milan. J'aurai soin de
vous écrire souvent dans ma route.

Adieu.

D'ANCELLI.

LETTRE XXII.

Du comte d'Angelli au chevalier Fanelli à Naples.

Genève, 25 juillet 1805.

Il y a déjà long-temps, mon cher ami, que je ne t'ai écrit. Ce n'est ni par oubli ni par indifférence, car, dans ma longue correspondance avec M. Blandini, de Florence, je me suis souvent entretenu de toi, et je n'ai jamais cessé de t'aimer bien cordialement. Mais j'ai craint de te compromettre. Cette Junte de Naples désire tant de trouver des coupables, que je tremble pour Carolo, en lui adressant mes lettres pour toi.

Cependant, mon cœur a besoin de recevoir de tes nouvelles. Tu peux adresser tes lettres à M. Blandini, à Florence, qui me les fera parvenir où je serai. Tranquilise-moi sur les suites de mon duel avec l'Anglais Woodford; donne-moi des nouvelles de mon pauvre enfant, qui fait le sujet de mes plus cuisans chagrins. Si tu vois du danger à m'adresser tes lettres, écris directement au respectable M. Blandini; tu peux lui confier ta plus secrète pensée; il est déjà ton ami; il te connoît par ma correspondance. Si les circonstances te permettent de faire un voyage d'amusement, je t'engage à tourner tes pas vers Florence, et à te rendre en droiture chez M. Blandini, qui te recevra avec le plus grand plaisir. Mais prends garde à ton cœur.... Anna te le ravira... Elle est si belle, si aimable, que je doute que tu la voies sans en être éperduement amoureux.

Quelle différence, mon ami, quel contraste entre notre pays et celui que je viens de parcourir!.... Si les Grecs, pour punir les âmes des méchans, eussent imaginé de les faire geler au lieu de les faire brûler, ils auroient choisi le Mont-Blanc et ses environs pour le lieu de leur enfer.... Quel contraste entre les volcans et les glaciers! Tu connois le Vésuve, l'Etna.... je vais te donner une légère esquisse des glaciers du Mont-Blanc.

A peine Aurélio et moi eûmes-nous quitté la vallée d'Aost, dans le Piémont, que nous entrâmes dans le sein de hautes montagnes ; là , mon cher ami , la nature sauvage prend la place de la nature ornée : ce sont d'autres hommes, d'autres mœurs, d'autres productions, et des beautés d'un autre genre, qui commandent l'admiration au voyageur, et qui le remplissent d'effroi. Si le doigt du créateur se montre dans l'Italie par sa magnificence , il ne se montre ici que par sa grandeur. Après avoir contemplé les vastes et fertiles campagnes, les villes remplies d'un peuple innombrable , les terres couvertes d'habitations, les richesses des moissons, la verdure des prairies, le labyrinthe des ruisseaux et des fleuves, les forêts verdoyantes, la vaste surface des mers, le voyageur aime à pénétrer dans les sombres retraites de la nature sauvage, à s'étonner du silence qui y règne, à saisir d'un coup d'œil l'ensemble de ces

énormes rochers, dépôts éternels de neiges
et de glaces amoncelées, centre de réunion d'où partent les rivières, pour aller,
par mille détours, arroser et fertiliser les
terres, et parvenir enfin à la mer.

Nous marchions alors entourés de toute
part, de ces monstrueux piliers de notre
machine ronde, que nous allions bientôt
escalader : leur sommet nous déroboit la
vue du soleil, et leur base s'abaissoit pro-
fondément sous nos pieds ; leur forme bizarre, changeant sans cesse, offroit toujours de nouveaux points de vue, aussi
gigantesques que singuliers ; là, c'est un
cône immense, qui, après avoir lancé sa
pointe dans l'immensité de l'espace, à une
hauteur presqu'impénétrable à la vue,
laisse sa masse bien au-dessous, plongée
dans l'épaisseur des nuages ; ailleurs, mille
dentelures grotesques, variées à l'infini,
découpent une longue file de rochers, et
semblent montrer la main des hommes
dans ce qui n'est que l'ouvrage du temps.

Dans quelques endroits, le mont taillé

perpendiculairement, comme au ciseau le
plus adroit, présente un mur impénétrable
à toutes les forces humaines ; dans d'autres
la roche, minée à sa base et suspendue en
l'air, semble, au moindre signe, devoir se
détacher et écraser le voyageur de sa masse;
ailleurs, la montagne, brisée par blocs,
se trouve couverte de ses propres débris,
et ses masses rembrunies, accrochées les
unes aux autres, contrastent avec le vert
éclatant de la mousse qui croît dans leurs in-
terstices, et de quelques arbrisseaux cram-
ponnés aux fentes de la pierre ; dans d'autres endroits, les pluies répétées ont amon-
celé, par une longue série de siècles, des
terres sur les talus des rochers, qui forment des petites métaires, qui fournissent
des alimens grossiers aux pauvres habitans
des montagnes, et quelque pâture à leurs
troupeaux rabougris.

Parmi ces montagnes, le Mont-Blanc élève
sa tête altière, toujours couverte de glace et
de neige, que les rayons du soleil les plus
rapprochés n'ont pu faire fondre. Domi. a-

teur de la chaîne des Alpes, il semble dis-
tribuer aux autres montagnes, les glaces
dont il regorge. Son sommet est presque
toujours entouré d'épaisses nuées qui semblent y être attirées comme par un aimant.
Ces nuages tombent en neige sur la montagne, et accumulent peu à peu la masse
des glaces dont il est encroûté. Cette masse
pesant sur elle-même de haut en bas, fait
refouler les glaces de la base dans la plaine,
et forme ces fameux et immenses glaciers, d'où découlent une infinité de ruisseaux et de rivières. La glace de ces glaciers, métamorphosée en eau, par les rayons
du soleil, ira bientôt courir, par mille détours, jusqu'à la mer la plus reculée. Elle
traversera les rochers, les solitudes, les
vastes campagnes, et les villes populeuses.
Arrivée à la mer, les vents et les reflux, la
promèneront de plage en plage; elle descen-
dra dans les profondeurs de l'Océan : elle
remontera à sa surface; elle passera d'une
partie du monde dans l'autre. Réduite enfin
en vapeur, par l'action du soleil, et conver-

tie en nuages, elle sera agitée et portée çà et là par les vents; elle éprouvera dans l'air les mêmes vicissitudes qu'elle a déjà éprouvées sur la terre et dans la mer, jusqu'à ce qu'elle soit peut-être arrêtée par les hauteurs du Mont-Blanc, et de nouveau métamorphosée en glace.

Voilà, mon cher Fanelli, comme tout va dans ce monde, où un atôme ne sauroit se perdre, et où il subit mille formes et mille combinaisons. Quel ordre soutenu, immuable!... Quelle harmonie dans cette grande machine!... Non, mon ami!... il n'y a pas d'athée de bonne foi. Je ne te parlerai pas des mœurs, des usages, des lois, de la religion des habitans de ces montagnes. Ces détails me meneroient trop loin ; je me contenterai de t'apprendre que ces hommes sont les êtres les plus misérables et les plus stupides de la terre. Il me reste à te dire un mot des glaciers, que nous n'avons pu visiter qu'à l'aide des guides du pays.

Les rochers entassés sur les rochers, les

glaces sur les glaces, s'élevoient jusqu'aux cieux. Suspendus au-dessus de la vallée, ils sembloient prêts à se jeter sur elle et à la combler. Le glacier de Montanvert, un des plus curieux de ces montagnes, est suspendu à la cime d'un roc perpendiculaire d'une effrayante hauteur, dont la teinte rouge et bleuâtre est veinée en tout sens des plus bizarres dessins. D'un côté, les *ondes glacées* s'avancent jusqu'à l'extrémité du précipice, et se repliant sur les bords du roc, comme de la cire amollie, elles lancent dans le bas de gros torrens, qui se précipitent à-plomb du rocher creusé par leur chute rapide et continuelle, et offrent à-la-fois une infinité de cascades de toute grandeur. A la face opposée, les monts de glace ont forcé tous les obstacles ; ils se sont élancés par-dessus le roc perpendiculaire, et ont atteint, en faisant un demi-cercle, le fond de la vallée ; c'est sous ce demi-cercle qu'on voit ce qu'on appelle, dans le pays, la salle de glace d'où sort la rivière de l'Arvéron. Il n'y a pas de curieux qui n'aille contempler, avec admiration, cette merveille.

Nous arrivâmes à cette salle étonnante, à travers des rochers glissans et des épines très serrées; nos pieds étoient enfoncés dans l'eau froide de l'Arvéron.... mais tout s'oublie à l'aspect majestueux et nouveau d'une salle de glace vive de soixante pieds de haut, régulièrement carrée, et creusée d'une seule pièce, sous la montagne de glace du Montanvert... Qu'elle étoit grande et riche au moment où nous y arrivâmes!.. Nos guides nous assurèrent qu'ils ne l'avoient jamais vue si belle. Le plafond offroit une voûte d'un bleu céleste, dont l'éclat imitoit celui de la voûte même des cieux dans sa sérénité; le fond étoit d'un azur plus ardent; un portail plus sombre sembloit conduire à d'autres salles, à d'autres voûtes intérieures et profondes; on auroit dit que les murs étoient en glaces de Venise d'un bleu clair, très-poli, très-transparent, au travers duquel l'œil croyoit découvrir une suite d'appartemens sur les

côtés. Des pilastres ondés , d'un bleu éclatant, s'avançoient de distance en distance,
et divisoient la tapisserie de glaces par autant de colonnes torses. Le lit paisible de
l'Arvéron garnissoit le bas de la salle , et
par son cours, animoit tout le tableau :
roulant lentement sur un sable doré, et sur
des pierres de diverses couleurs , il offroit
un parquet aussi brillant que la salle , dont
la transparence répondoit parfaitement à
celle du plafond. De grands cercles de
glace , couleur d'arc-en-ciel, venoient se
rouler, les uns sur les autres, autour de la
voûte , et offroient l'appareil d'une salle de
spectacle ; les pilastres alignés des côtés
en étoient les statues , et les colonnes en
décoroient la perspective ; une pluie légère
s'échappoit du cintre de la voûte, des colonnes de la tapisserie du fond, et repré-
sentoit une salle d'eau bien différente de
celles qui ornent les palais des rois. L'Arvéron , mouillé doucement, s'éloignoit lentement, et sembloit regretter, par son doux
murmure , un si beau séjour. La beauté de

cette salle sembloit nous inviter à y passer quelque temps.... mais une partie de l'édifice s'écroula sous nos yeux. Les décorations de la façade s'abaissèrent et semblèrent marquer la fin du spectacle. Leurs débris, entassés à l'entrée, ne présentèrent plus que des ruines : un des piliers du frontispice commença à se fondre, et menaça de nous écraser par sa chute. Nous nous éloignâmes à regret de ce temple magnifique du dieu des frimas, et à peine en fûmes-nous à vingt pas, qu'il s'écroula en entier, avec un bruit de tonnerre; le lendemain, il fut sans doute réédifié par de nouvelles glaces, et sous une forme et une architecture différentes. Je ne finirois pas, mon cher ami, si je voulois te donner une esquisse avancée des choses merveilleuses qu'offrent à chaque instant les glacières, les glaciers, et les montagnes qui renferment sa source de plusieurs fleuves.

Nous quittâmes enfin ce lieu où il ne croît presque que des glaces, et après deux jours de route, le pays commença à perdre cette teinte sauvage pour prendre un aspect plus agréable. Nous aperçûmes enfin le fameux lac de Léman, bordé de coteaux fertiles, et couverts de riantes maisons de campagne, et de quelques jolies villes. Nous distinguâmes bientôt, au bout du lac, la ville de Genève, située entre deux collines, et entourée d'une campagne assez bien cultivée : cet ensemble présente un tableau riche, varié, plein de vie ; mais il lui manque le beau ciel de notre patrie.

Nous arrivâmes à Genève vers midi ; je me rendis tout de suite chez un magistrat, pour qui l'on m'avoit donné une lettre à Milan. Je dînai chez lui avec un professeur de l'académie de la ville, qui commença d'abord par me déplaire, et finit par me prouver qu'on doit se défier des apparences. Cet homme me parut maussade, parce qu'il n'avoit pas cette vivacité des Italiens, qui tient souvent lieu d'esprit dans notre pays : cette tête froide, plus propre sans doute aux sciences abstraites qu'aux talens aimables, me prouva bientôt que, si les hommes

du nord ne sont pas aussi spirituels que
ceux du midi, ils sont en général plus instruits, plus réfléchis. Dès qu'on eut dîné,
cet académicien m'aborda ; « vous êtes étranger, monsieur, me dit-il, et vous ne connoissez, à ce qu'il paroît, ni Genève, ni son
histoire : c'est une ville qui, comme Naples, a éprouvé des révolutions sans nombre ... ».

Je lui fis quelques questions, auxquelles
il répondit sans gesticuler, ni crier, ni exa-
gérer les choses; il continua en ces termes :
« Si vous avez lu les Commentaires de César,
vous devez vous rappeler que cet historien
parle de Genève comme d'une ville des
Allobroges. L'empereur Honorius la céda
aux Bourguignons, qui en furent chassés
par les Francs. Charlemagne en fit le rendez-vous général de son armée, lorsqu'il
alla combattre le roi des Lombards; elle fit
ensuite partie de l'empire germanique, et
Conrad, en 1034, y vint prendre la couronne impériale; mais, peu à peu, Genève
secoua son joug, et devint une ville impé-

riale, qui eut son évêque pour seigneur.
Les ducs de Savoie ont souvent tenté de la
réunir à leurs domaines, mais ils n'ont jamais pu y parvenir; elle secoua aussi le
joug du pape , et adopta le calvinisme. Ce
fut Calvin qui, de concert avec les magis-
trats, dressa un code de lois civiles et ec-
clésiastiques, qui fut, en 1543, adopté par
le peuple, et qui devint le code fonda-
mental de la république...».Quelqu'un entra
dans le salon, et interrompit l'académicien, qui profita de ce moment pour sortir,
sans même me dire adieu.... On peut trouver, à Genève, la sagesse de Lacédémone,
mais non la politesse d'Athènes.

J'ai été curieux de voir le culte de la
religion de Calvin. Le temple des protes-
tans est sans images, sans luminaire, sans
statue, sans ornemens, sans autels. Une
chaire, un pupitre et un orgue, voilà tout
ce qu'on y voit; on y prêche, on y chante
quelques versets des psaumes de David,
mis en mauvais vers français, et sur des airs
si baroques, qu'ils sont insoutenables pour

des oreilles italiennes. J'espère que les Français apprendront, peu à peu, aux Génevois à louer Dieu en meilleur langage et en meilleure musique.

Au reste, mon cher Fanelli, Genève est une ville triste; il n'y a que trois jours que j'y suis, et je m'y ennuie.... Demain je la quitte, pour me rendre dans l'intérieur de la France. Je séjournerai à Lyon.

Adieu, mon ami, ne perds pas de vue mon pauvre petit enfant; sers-lui de père, entoure-le de toute ta tendresse.

Adieu.   D'Angelli.

8.

LETTRE XXIII.

M. Blandini au comte d'Angelli, à Lyon.

Florence, le 5 août 1805.

Vous avez bien fait, mon cher comte, de m'adresser votre lettre pour le chevalier Fanelli : cet estimable jeune homme est ici depuis quinze jours ; il croyoit vous trouver à Florence ; il étoit parti de Naples pour venir vous embrasser. Dès qu'il a su que vous aviez quitté Milan, pour franchir les Alpes, il a voulu repartir ; mais je l'ai prié de prolonger son séjour chez moi jusqu'à l'arrivée du père Francesco, qui doit se rendre incessamment à Florence. Votre jeune ami paroît désirer ardemment de connoître ce vénérable religieux, et je veux le satisfaire.

Je vous dois de grands remercîmens pour l'envoi que vous avez bien voulu me faire de votre histoire. J'ai lu presque tou-

tes vos lettres à mon Anna, qui prend toujours un vif intérêt à vos chagrins; elle
connoissoit, ainsi que moi, M le chevalier Fanelli par vos lettres; elle l'a reçu
comme le plus grand ami de son ami. Ses
sentimens pour vous sont toujours des plus
tendres, mais ils n'appartiennent qu'à l'a-
mitié, et vous êtes trop estimable, trop
délicat, pour ne pas vous en réjouir avec
moi.

Dès que M le chevalier Fanelli s'est décidé à attendre ici le padre Francesco, j'ai
envoyé, par précaution, mon Anna à ma
maison de plaisance, sous la surveillance de
sa bonne amie la signora Bentevoli : j'espère que l'amour n'ira pas l'y trouver; elle
cultivera son parterre, ses serres, et l'oc-
cupation est le meilleur moyen de préserver
les jeunes filles des grandes passions.

Plus je vois et j'étudie M. Fanelli, et
plus je le trouve aimable; il justifie parfaitement l'éloge que vous m'en avez déjà fait.
Mon Anna, qui a demeuré quatre jours ici

avec lui, l'a vu avec plaisir ; ils ont fait de
la musique ensemble, et j'ai craint que si
je les laissois tous les deux sous le même
toit, leurs cœurs ne devinssent bientôt
d'accord. M. Fanelli m'a souvent fait l'é-
loge de ma fille d'une manière à me prouver qu'il la trouvoit charmante... Je ne
connois pas l'arrière pensée de mon espiègle touchant votre ami, mais je présume
qu'elle ne lui est pas défavorable.... J'ai déjà
une grande estime pour M. Fanelli ; mais
les qualités apparentes, qui concilient l'estime, ne suffisent pas toujours pour faire un
bon mari ...

Cet estimable chevalier m'a demandé, ce
matin, combien de temps mon Anna se pro-
posoit de demeurer encore à ma maison de
campagne.... J'ai trouvé cette question singulière et naïve.... seroit-il déjà amoureux
de ma fille ?... O monsieur Blandini ! m'a-
t-il dit ensuite, vous avez une maison de
plaisance charmante, dont mon ami m'a
donné la description ; j'ai le plus grand dé-

sir de l'admirer à mon tour; y auroit-il de
l'indiscrétion de ma part de vous prier de
m'y mener ?... Je vous y conduirai volontiers, lui ai-je répondu, et ce sera demain,
si vous le désirez ; à cette réponse, notre
chevalier est entré dans la plus grande joie :
son cœur s'est ouvert sans doute tout entier à l'espoir de voir mon Anna ; mais je
me rappelle trop bien mes craintes dernières, pour chercher à m'en préparer de
nouvelles ; non, non, mon beau chevalier!
vous ne verrez que quelques instans mon
Anna ; la même voiture qui nous conduira
à ma maison de campagne, ramenera ma
fille à Florence.

Ecrivez-moi souvent, mon cher comte;
ayez soin de me donner vos nouvelles
adresses. Je vous écrirai sous le nom de Maniello, conformément à vos passeports. La
prudence veut que vous cachiez votre véritable nom dans tous les pays où il y a un
ambassadeur de la cour de Naples. Craignez
Acton et ses agens ; quoique éloigné d'eux,
méfiez-vous de leur machiavélisme. N'ou-

bliez jamais qu'Acton est l'implacable ennemi de votre famille, et qu'il est puissant.

Adieu, tout à vous.

BLANDINI.

LETTRE XXIV.

Du chevalier Fanelli au comte d'Angelli.

Florence, 5 août 1805.

TANDIS qu'au sein des Alpes, tu contemplois avec admiration la nature sauvage et ses *belles horreurs,* ton ami voloit vers Florence pour te serrer dans ses bras. Je croyois te surprendre, et c'est moi qui ai été étonné de ton départ de chez M. Blandini. Cet estimable signor, et son adorable Anna me dédommagent un peu de ton absence.

Je te remercie de ta belle description des glaciers et des glacières du Mont-Blanc..... Je l'ai communiquée à M. Blandini. La salle de glace, le temple magnifique que ton ima-

gination élève au dieu des frimas, l'ont fait
sourire.... Oh , comme cet estimable signor
t'aime !.... je voudrois bien lui inspirer une
telle amitié pour moi !...Son Anna est charmante ; elle a beaucoup d'esprit et d'amabilité...Quelle originalité dans ses pensées...
dans sa manière de les rendre !... Quelle aimable gaîté ! quelle grace ! quelle candeur !
Oh, mon ami ! Anna est divine.... oui , divine !... mes yeux ont osé le lui dire, mais
elle n'a pas entendu leur langage. Mon cœur
brûle déjà pour elle d'une vive flamme , et
tu avois raison de me prédire que je ne la
connoîtrois pas sans lui donner mon cœur....
mais jamais je n'oserai lui faire l'aveu de
mon amour. Je l'adorerai en secret, à moins
que tu ne veuilles être mon interprète auprès de son respectable père , et me protéger auprès d'elle. M. Blandini et sa fille
t'estiment infiniment. D'un seul mot tu
peux faire mon bonheur. Parle , agis, mon
ami, rends-moi le plus heureux des hommes.
Ma félicité est dans tes mains : je la confie à
l'amitié.

Ton duel avec l'Anglais Woodford a fait grand bruit à Naples, et a eu des suites funestes pour quelques personnes soupçonnées, depuis quelque temps, de haine pour les étrangers qui affluent à la cour, et à qui l'on donne des pensions et des places.

A peine tu fus sorti du fatal jardin avec Aurélio, que les domestiques coururent au secours de Woodford, qu'ils trouvèrent sans connoissance et baigné dans son sang. Rosa ne donnoit aucun signe de vie. La pâleur de la mort étoit sur son visage. D'abord on la crut morte ; mais les soins que lui donnèrent ses femmes, lui firent pousser quelques soupirs. Elle reprit connoissance au moment qu'on transportoit Woodford du jardin dans l'hôtel. Alors elle jette des regards étonnés autour d'elle. Sa raison paroît égarée ; elle ne se souvient de rien. Peu à peu ses idées reviennent, et elle s'écrie, «Où est donc le comte d'Angelli ?.. pourquoi m'a-t-il épargnée ? M'a-t-il assez méprisée pour me croire indigne de sa vengeance ?...» Elle fait quelques efforts pour se relever ;

elle voit la terre rougie du sang de Woodford qu'on emporte mourant. . . . . Son
âme ne peut supporter ce spectacle ; ses
forces l'abandonnent ; elle tombe en syn-
cope ; on la transporte, sans connoissance,
dans son lit.

La frayeur fait place à la désolation dans
le cœur des gens de Woodford. On se demande qui est l'auteur du meurtre ; on s'apprend mutuellement que le comte d'Angelli,
travesti en moine, vient de tuer Woodford.
Personne, dit-on, ne l'a reconnu, mais Rosa
Luzzi vient de le nommer ; elle l'appelle
comme pour invoquer sa vengeance.... On
répète ses phrases, ses mots; on y ajoute
même, pour prouver que le comte d'An-
elli a commis ce meurtre. Rosa, revenue
de son évanouissement, le confirme, et la
plainte en est aussitôt portée à la cour.

Dès que le plénipotentiaire de la grande
Bretagne eut appris la malheureuse aventure
du colonel Woodford, il se rendit à la cour
pour en demander satisfaction Il donna à
un duel le vernis d'un assassinat. La cour,

dans ce moment , avoit le plus grand intérêt à ménager le cabinet de Londres, qui
avoit promis d'envoyer au roi de Naples de
grands secours en troupes et en argent.
Aussi elle ordonna au ministre des relations
extérieures d'envoyer ton signalement à ses
ambassadeurs près des cours étrangères,
pour qu'ils demandassent ton arrestation à
la police de tous les pays où tu oserois paroître. On fit partir des courriers pour les
provinces, avec l'ordre de te saisir et de te
mener à Naples vif ou mort. La force armée
accompagnée des suppôts de la police, se
transporta dans tous les couvens d'hommes
de Naples , pour t'arrêter. Mais comme on
n'avoit pas bien remarqué le costume mona-
cal que tu avois pris, le couvent où tu t'é-
tois réfugié fut précisément le dernier
qu'on visita. On mit dans ces recherches autant d'appareil que s'il eût été question d'é-
touffer, d'un coup de main, une véritable
insurrection populaire.

Ce qui se passoit dans la maison de Ro-
ne transpiroit guère dans le public; et

n'aurois aucune nouvelle à te donner sur cet
objet, si Carolo, le frère de ton domestique, n'eût pas conservé des liaisons avec
quelques gens de Rosa.

On avoit déjà fait appeler un habile chi-
rurgien, qui, après avoir sondé la plaie de
Woodford, déclara qu'il ne répondoit pas
de la vie du blessé. Après avoir appliqué le
premier appareil, il se transporta chez
Rosa, qu'il jugea à propos de saigner, à
cause de la frayeur horrible qu'elle avoit
éprouvée. Elle ne reposa pas un instant la
nuit suivante. Mille réflexions cruelles vinrent la tourmenter. Placée entre l'amour et
le devoir, elle ne sait alors quelle conduite
désormais tenir. L'honneur parle à son
esprit, et l'amour à son cœur. Le dernier
semble l'emporter; elle cherche à étouffer
ses remords, lorsque la vue de ton fils,
de ton Ferdinand. qu'on lui présente, vient
les rendre plus cuisans, et déterminer leur
triomphe. Cet enfant, par ses innocentes
caresses, semble faire renaître quelque
vertu dans le cœur de sa mère.... Elle dé-

mande enfin à voir le marquis de Luzzi, son père.... elle veut, dit-elle, se jeter dans ses bras, lui demander pardon de ses déporte- mens, habiter désormais avec lui, suivre ses avis, ne jamais plus s'en séparer... Elle fait prier la reine de lui permettre de faire revenir le marquis de Luzzi à Naples.

Un courrier est aussitôt expédié pour la maison de campagne du respectable marquis de Luzzi. On lui raconte, peut-être sans ménagement, la catastrophe arrivée chez sa fille. Cet homme vertueux, depuis quel- que temps exilé de Naples, refuse de se rendre aux vœux de sa fille. Il a déjà appris son infamie, il la juge indigne de sa pré- sence, de son amitié. Il ne peut supporter l'idée de la publicité que l'inconduite de sa fille vient d'obtenir, par la scène tragique avec l'Anglais Woodford ; il tombe ma- lade, et le chagrin le conduit en six jours au tombeau. On cacha cette triste nouvelle à Rosa ; on lui dit que son père étoit incom- modé, mais que dès qu'il seroit mieux, il voleroit près d'elle.

Il n'y a pas de doute, mon cher d'Angelli, que Rosa ne fût revenue à la vertu, à
l'honneur, si son père se fût rendu à Naples. La présence de ce père respectable
et ses conseils, l'auroient maintenue dans
ses bonnes résolutions.... Mais l'amour....
le retour de Woodford à la vie, la replongè-
rent dans le désordre....

Ton petit amour, ton aimable Ferdinand
ne s'est point ressenti de cette catastrophe :
il embellit en grandissant, et se porte à merveille. Rosa paroît l'aimer toujours beaucoup. Carolo veille sans cesse sur lui. Je le
lui ai étroitement recommandé, la veille de
mon départ pour Florence ; il justifiera la
confiance que nous avons en lui.

Mon respectable oncle est décédé depuis un mois et demi. Son âme s'est envolée
sans efforts vers celles de son épouse et de
sa fille. Il m'a laissé une grande fortune ; je
n'ai pas eu la peine de mettre de l'ordre
dans ses affaires, car mon oncle était d'un
arrangement exemplaire. J'ai conservé tout

son domestique, surtout son intendant, qui est d'une probité rare.

M. Blandini t'écrit dans ce moment ; je vais lui remettre ma lettre, pour qu'elle te parvienne avec la sienne. Je veux connoître ce padre Francesco des Abruzzes qui t'a prêté l'habit de son ordre.... On dit que tu lui as inspiré un intérêt extraordinaire... Il va venir à Florence.... on l'attend avec impatience.... Je tacherai de me concilierson amitié, car il jouit d'un grand crédit dans cette maison. Quand il saura que je suis ton ami, peut être aura-t il la bonté de parler à M. Blandini en ma faveur.... N'oublie pas que j'ai remis en tes mains le bonheur de toute ma vie !

Adieu, mon ami.

FANELLI.

LETTRE XXV.

Le comte d'Angelli au chevalier Fanelli.

Bordeaux, 22 août 1805.

JE t'adresse, mon cher ami, ma lettre à Florence, où tu dois être encore ; car quand on a vu, quelques instans, l'intéressante Anna, il n'est plus possible de la quitter. Que tu es heureux, mon cher Fanelli!... Libre, indépendant, et près de la fille de M. Blandini!... J'ai lu dans le livre des destinées qu'Anna deviendra ta femme, et que tu seras le plus heureux des hommes. Puisque le Père Francesco se rend à Florence, comme tu me l'apprends par la lettre que j'ai reçu hier de toi, engage-le à te protéger auprès de M. Blandini. Ouvre ton âme toute entière à ce vénérable religieux ; qu'il lise dans ton cœur, et tu parviendras bientôt au suprême bonheur.

J'ai séjourné quelque temps à Lyon, c'es
une ville ancienne , fort populeuse et très
commerçante. J'ai visité ses manufactures
et l'activité des Lyonnois paroît un miracl
aux yeux d'un Napolitain habitué à la pa
resse des Lazzaronnis. Il y a fort peu d'indi
vidus oisifs dans cette ville ; les femmes
les enfans mêmes sont employés dans lc
diverses manufactures, suivant leurs forc
et leur capacité. Les Lyonnois ont des for
mes aimables, mais leur caractère tient bea
coup de cet esprit mercantile qui réveill
l'industrie de chacun, qui tend à l'écono
mie , et qui va jusqu'à la parcimonie, mêm
souvent à la finesse et à l'égoïsme. Cette a
sertion est susceptible de grandes excep
tions, sans doute, mais... je crois que
j'eusse séjourné long-temps à Lyon, et qu
mon âme eût été d'or ou d'argent, j'auroi
été forcé d'en partir sans ame.

Mon goût pour les villes maritimes m'
conduit à Bordeaux , où je me propose d
séjourner long-temps. C'est une ville su
perbe, et son port, en demi-cercle de tro

milles d'étendue , présente une perspective
magnifique ; Bordeaux est en général très-
bien bâti , il y a de beaux hôtels , des rues
larges et bien alignées , et une salle de spectacle dont le péristyle est d'une belle architecture. Je ne te parlerai pas de son théâtre ,
qui n'est ni si grand , ni si beau que celui
de Naples ; mais l'entrée en est propre ,
commode et majestueuse...

Quoique je ne sois à Bordeaux que depuis dix jours, il m'y est arrivé une aventure singulière : je crains qu'elle ne de-
vienne la source du malheur de toute ma
vie.

Je suis allé , le jour même de mon arrivée , au grand spectacle. Dans la loge qu'on
m'a ouverte, j'ai vu un homme de cinquante
ans , une vieille signora et deux demoiselles
de l'âge de dix-sept ans environ, qui étoient
placées sur le devant de la loge. L'une de
ces jeunes personnes étoit laide et contrefaite. L'autre étoit d'une beauté céleste; sa
tournure étoit élégante, sa taille bien prise,
et son maintien de la plus grande décence.

Je ne voyois pas d'abord son visage... Elle
se tourne... Que vois-je ?... une figure angélique. Un cri d'admiration m'échappe malgré moi. Oh ciel ! m'écriai-je, qu'elle est
belle !... Le bon homme et sa compagne me
regardent avec étonnement. La jeune personne contrefaite jette sur moi un œil curieux, et se met à ricaner ; mais la belle qui
s'aperçoit du ravissement qu'elle me cause,
baisse les yeux, en rougissant. Une femme,
si modeste qu'elle soit, éprouve toujours
du plaisir à être trouvée belle... Je ne puis
détourner mes yeux de dessus elle. Je demeure quelques minutes immobile à la
même place, et je semble éprouver ce saisissement respectueux que la présence de
la divinité inspire aux mortels. Une sympathie entraîne tout mon être vers cette
personne angélique ; elle est pour moi un
aimant qui m'attire, un brasier qui m'en-
flamme, un astre dont l'influence me
donne une nouvelle existence. Mon état
est celui d'un doux délire ; mes sensations,
quoique vives, sont toutes tendres... O mon

cher Fanelli ! voilà les résultats d'une véritable sympathie , les effets du feu sacré ,
du véritable amour !... Oh ! mon ami, je
fus assez présomptueux pour oser penser
que cette angélique personne partageoit mon
émotion... Elle me jetoit de temps en temps
des regards où se peignoit quelqu'intérêt :
je croyois la voir presque me sourire...!
J'avois oublié tous mes malheurs... J'étois
le plus heureux des hommes !... Ce bonheur ne dura pas long-temps : la chaleur
excessive qu'il faisoit dans la salle , parut
incommoder cette société, qui quitta le
spectacle après la première pièce. Je n'o-
sai pas suivre ses pas. Je cherchai les yeux
de la personne angélique; elle daigna les
tourner vers moi. Quelles expressions tendres les miens leur adressèrent !... Elles
furent reçues, mon ami, avec quelque bonté:
on me fit un signe de tête pour répondi e à
mon salut respectueux. Je me saisis de la
place qu'elle venoit d'occuper dans la loge;
je baisai, avec transport, la banquette où
elle s'étoit assise. J'osai m'y reposer; et je

crus éprouver l'influence des émanations
qu'elle y avoit laissées... O mon ami! la
passion involontaire que j'éprouve pour
elle , n'est pas semblable à celle que je res-
sentis , lorsque je vis Rosa , pour la première fois. Mon amour pour cette dernière,
étoit tumultueux , et avoit tous les carac-
tères des passions humaines : mais celui que
je ressens , aujourd'hui, est si doux , si
tendre, que c'est, ce me semble , une passion toute céleste.

Je sortis enfin du spectacle, j'allai chez
moi; je demeurai dans mon fauteuil, plus
d'une heure, ravi en extase, et repaissant
mon imagination des attraits angéliques de
cette belle inconnue. Dès qu'Aurélio fut
de retour, je m'empressai de lui raconter
mon aventure ; il crut ma raison dérangée,
il sourit, et me promit de m'aider à découvrir l'asile de cette personne céleste.

Pendant plusieurs jours , Aurélio et
moi, nous fîmes des recherches longues
et pénibles. Nous allâmes à tous les spectacles dans la même soirée , et nous nous

rendîmes tous les soirs à la salle du grand
spectacle, pour nous ranger le long de la
rampe des degrés, afin de passer en revue
tous ceux qui sortoient de la salle. Nous
parcourûmes les promenades, les lieux publics, sans jamais pouvoir rencontrer l'objet
de mes adorations. Tant de recherches inutiles auroient rebuté un cœur moins épris
que le mien...; et Aurélio, qui n'étoit pas
amoureux, me disoit souvent : il est inutile, Monsieur, que vous preniez tant de
peine : c'est de la patience qu'il vous faut. Le
hasard vous a fait rencontrer cette divine
demoiselle, le hasard seul peut vous la faire
rencontrer encore. Tâchez de vous distraire, de vous amuser, d'oublier cette ...—
De l'oublier ? m'écriai-je ; ah! cela m'est impossible : elle seule m'anime, je ne vivrai
désormais que pour l'adorer... Ce pauvre
Aurélio ne me répliqua pas ; mais le lendemain, il m'engagea à faire une promenade
à cheval aux environs de Bordeaux. Nous
prîmes la route de Cauderan, bordée de
plusieurs maisons de campagne assez jolies,

qu'on habite avec plaisir dans la belle saison. Cette promenade me fit beaucoup de
bien : mon esprit fut tranquille; rien de
mieux que l'air pur de la campagne et la
dissipation, pour calmer les tourmens de
l'esprit et du cœur.

' J'avois pris, à Lyon, quelques lettres-
de-change sur un banquier de Bordeaux.
Un de ces effets, à courts jours, étoit échu
de la veille. J'avois négligé de le présenter ;
car, mon cher Fanelfi, l'amour fait souvent
négliger les affaires d'intérêt. J'allois en faire
toucher le montant par Aurélio, lorsque
je me souvins d'une lettre de recommandation que la maison Ainard, de Lyon, m'a-
voit donnée pour ce banquier. Je cherchai,
dans mon porte-feuille, cette pièce, qui ne
m'avoit été accordée que d'après une lettre
de crédit que M. Blandini avoit eu la bonté
de m'adresser à Lyon, pour la même maison
de commerce. Je me présentai chez le
banquier, qu'on nomme M. Grammont;
dès qu'il eut lu la lettre dont j'étois porteur, il
me fit toute espèce d'offres de service, et me

fit tant d'instances pour m'engager à dîner avec lui ce jour-là, qu'il me fut impossible de le refuser.

On fait très-bonne chère à Bordeaux, mon cher Fauelli, et depuis quelque temps on y dîne assez tard. Je me rendis, vers cinq heures, chez M. Grammont, où je trouvai une société nombreuse. A côté de M. le banquier, étoit placé un homme âgé d'environ cinquante-cinq ans, d'un esprit vif, d'un caractère enjoué, dont la franchise me plut beaucoup. Il me regarda souvent pendant le dîner ; je l'intéressai sans doute, car il demanda d'un ton assez haut, à M. Grammont, qui j'étois. J'entendis que M. le banquier lui disoit, mais d'un ton plus bas, c'est M. Maniello, italien, qui m'a remis une lettre de recommandation d'une excellente maison de Lyon. — Ah ! ah ! s'écria ce vieux bonhomme, en m'adressant la parole, vous êtes Italien, monsieur ? et moi aussi.... De quelle partie de l'Italie êtes.vous ?... — Je lui répondis, suivant mes passeports, que j'étois de Flo-

rence. — Nous ne sommes pas tout à fait
compatriotes , me répondit-il , mais nous
sommes voisins.... Je suis bien aise , monsieur, que vous soyez Italien ; au premier
coup d'œil vous m'avez plu ; je serai bien
aise de lier connoissance avec vous.... Je fis
une inclination de tête à cet original, pour
le remercier.

Après le dîner, le vieux bonhomme vint
m'embrasser.... Oh ! pour le coup, dis-je
en moi même , voilà une liaison bientôt
faite. Il me fit toute sorte d'amitiés, et finit
par me dire : Je ne vous connois pas , je ne
vous ai vu de ma vie, et malgré cela vous
m'inspirez un intérêt particulier : êtes-vous
pour quelque temps à Bordeaux ? — Je lui
répondis affirmativement : Dans ce cas , je
vous prie de venir me voir à une maison
de campagne que j'ai louée aux environs, et
dans laquelle je me tiens ordinairement pour
éviter le brouhaha de la ville. L'air y est bon ;
il y a de beaux jardins, d'assez aimables
voisins ; on y fait bonne chère, surtout on
y boit de bon vin, et l'on y reçoit les amis

avec franchise et cordialité.... Promettez-
vous de venir m'y voir bientôt ?... — Oui,
signor, lui répondis-je, pénétré de la plus
vive reconnoissance. — Quand viendrez-
vous ?.... demain ? — Volontiers ; demain
soir. — Allons, voilà une affaire décidée:
M. Grammont ! M. Grammont ! amenez-
moi demain M. Maniello à ma maison de
campagne. Tâchez de venir de bonne heure,
pour que mon compatriote puisse se promener et s'amuser.

On vint avertir cet homme franc et bon,
que ses gens et sa voiture l'attendoient. Il
m'embrassa encore, en me faisant répéter
ma promesse, fit sa révérence et partit.

Dès qu'il fut sorti, je demandai à M. le
banquier qui étoit ce signor, qui, sans me
connoître, m'avoit pris en si grande amitié. Il me répondit : C'est un ancien habitant
des colonies, qui jouit d'une fortune immense. Il s'appelle M. d'Albano ; je ne connois ni sa famille, ni le rang qu'il tenoit en
Italie avant de passer dans le nouveau monde ; mais je sais qu'il est un excellent homme,

9.

et seigneur suzerain de plus de deux mil-
lions d'écus ..Nous irons demain dîner chez
lui ; donnez-moi votre adresse , pour que
ma voiture aille vous prendre vers midi.

En effet , le lendemain , vers midi ,
M. Grammont vint chez moi. C'étoit un
jour de dimanche , où toutes les affaires
sont suspendues , où chacun va se reposer
à la campagne des fatigues de la semaine.
Le carrosse du banquier prend précisément
le chemin de Cauderan , et nous mène , en
une demi-heure , à la porte d'une maison
de grande apparence. On nous annonce. Le
bon M. d'Albano , sans presque faire attention à M. Grammont, se jette dans mes
bras , et me dit, du ton de la plus grande
amitié : Je suis bien enchanté de vous voir
tenir votre promesse. Venez, suivez-moi,
jeune homme , que je vous présente à la
maîtresse du logis , à qui j'ai annoncé hier
soir votre visite.... Il me prend par la main,
me conduit dans le salon, ouvre ensuite la
porte d'un appartement, entre et s'écrie :
Mon Hortense ! voici le jeune Italien dont

je t'ai parlé hier, que je te présente. O mon
ami ! quelle est ma surprise ! l'objet de mes
adorations, cette personne divine que j'ai
déjà tant admirée au spectacle, et que vaine-
ment j'ai tant cherchée s'offre à mes yeux !...
L'étonnement me rend muet. Je m'efforce
d'articuler quelques mots...., cela m'est impossible.... Hortense, elle-même, paroît
troublée.... M. d'Albano s'en aperçoit. Eh
bien, ma fille, s'écrie-t-il, pourquoi cette
rougeur ? serois-tu fâché de voir un compatriote de ton père ?... n'est-il pas tel que je
te l'ai dépeint ? — Alors Hortense se remet de son émotion, et dit à son père : Oh,
papa, je suis toujours bien aise de voir ceux
que vous estimez... Pardon... mais je crois...
avoir... vu monsieur... quelque part. — Eh,
ma petite, lui répondit M. d'Albano, tu te
trompes ; le signor n'est à Bordeaux que depuis peu de temps, et jamais nous ne l'a-
vons rencontré nulle part.... N'est-ce pas ?
me dit-il, en m'adressant la parole. — Il
est vrai, monsieur, lui dis-je, que j'ai eu
l'honneur de voir mademoiselle, un soir,

au grand spectacle à Bordeaux. — Quand donc ? — Il y a une huitaine de jours. — Voyez comme le hasard nous joue !... je me faisois une fête de vous présenter ma fille , et vous la connoissez déjà ?... Au reste, tant mieux ... c'est une bonne personne, que mon Hortense, et lorsque vous la connoî- trez mieux, vous direz que j'ai raison. Hor- tense, je te recommande le signor ; mène- le au jardin, procure-lui des distractions, des plaisirs , pour l'engager à venir nous voir souvent....

M. de Grammont vint présenter ses hom- mages à Mademoiselle d'Albano , et lui of- frit la main pour aller à la promenade. Oh ! comme elle étoit belle ! cent fois plus que la première fois que j'eus le bonheur de la voir.... Je ne te dirai rien de ses charmes, mon cher Fanelli ; ils sont au-dessus de tout éloge. Elle parle avec justesse ; elle a à peu près le même genre d'esprit , le même ca- ractère, la même candeur que l'intéressante Anna Blandini ; mais elle est plus grande , plus formée, plus belle.... Ne te fâche pas, mon ami , de cette comparaison. Anna a deux ans de moins qu'Hortense.... Elle n'a jamais voyagé... peut-elle être aussi instruite que mademoiselle d'Albano ?...

Enfin , on sert le dîner. Hortense en fait les honneurs avec une grâce infinie. Son père a mille attentions pour moi ; il me fait plusieurs questions sur ma patrie , sur les affaires qui me retiennent en France , auxquelles je réponds avec la plus grande circonspection. Nous passons le reste de la journée ensemble. M. d'Albano est d'une gaîté charmante : sa fille , remplie de candeur , de bonté , me comble d'honnêtetés ; mes yeux seuls osent se permettre de lui dire beaucoup de choses tendres. Elle a la bonté de me sourire quelquefois. Mon cœur n'éprouve auprès d'elle , que des émotions douces qui ne troublent en aucune manière la sérénité de mon âme , je suis heureux, et mon bonheur est sans nuage.

Lorsqu'il fallut se retirer , M. d'Albano me dit : « Regardez désormais ma maison

comme la vôtre ; lorsque vous aurez un
moment à perdre, venez le passer ici, et
vous êtes assuré de me faire plaisir... Je ne
sais d'où cela vient , mais je vous aime et
vous estime beaucoup ; il me semble que
je vous connois depuis vingt ans. Si vous
voyagez pour votre plaisir en France, trou-
vez en à visiter notre petit hermitage....Oui,
monsieur, ajouta la belle Hortense, soyez
assuré que nous vous recevrons toujours
avec plaisir. » Je remerciai le père et la
fille, et prenant congé d'eux, je leur promis de profiter souvent de leurs bontés.

Voilà , mon cher Fanelli, que je suis
amoureux d'Hortense , comme toi d'Anna...
Mais quel contraste dans nos positions !...
tu es libre.... et moi.... ah , maudite Rosa !...
Je ne serai jamais uni à la belle Hortense ,
mais je tâcherai de me rendre heureux par
les jouissances de l'âme.

Adieu , mon ami , sois exact à m'instruire
de tes progrès auprès d'Anna. Sache-moi
dire ce que le padre Francesco pense de

ton amour pour elle. Dis souvent à son respectable père , que je l'estime et le considère infiniment. Tout à toi.

D'ANGELLI.

LETTRE XXVI.

Le père Francesco au comte d'Angelli.

Florence, 18 août.

JE viens de m'élancer malgré moi du
fond de mon cloître dans le monde : c'est
un tribut que mes goûts payent à l'amitié...
M. Blandini et son Anna m'ont tellement
prié , pressé , tracassé même, que je n'ai pu
me défendre de me rendre auprès d'eux. Un
des motifs qui m'ont conduit à Florence , a
été celui de connoître par moi-même la situation du cœur de cette intéressante Anna ,
que vous avez mise , sans vous en douter ,
au bord du précipice le plus effrayant.
Heureusement le ciel a daigné veiller sur
elle ; et c'est bien un des miracles de la Pro-

vidence , si elle a été préservée d'une passion malheureuse. Aussi son prudent père, éclairé par l'expérience , l'a-t-il toujours séparée de votre ami le chevalier Fanelli, qui a eu la bonté de m'attendre à Florence pour lier connoissance avec moi. Ce jeune homme, dont vous m'avez parlé lors de votre retour de Naples, m'a fait la confidence de son amour pour Anna, et m'a prié de lui être propice auprès de mon ami. Je lui ai représenté que ces sortes d'affaires n'étoient guère de mon ministère.... Oh, vénérable padre! m'a-t-il répliqué, vous êtes le ministre du dieu de la nature , du suprême instituteur du sacrement de mariage, vous bénissez en son nom les unions humaines, pourquoi ne m'aideriez-vous pas à remplir le premier précepte que le Créateur fit à l'homme en l'animant de son souffle?.. Vous voulez donc, lui ai-je dit, épouser Anna ! c'est un désir bien naturel. Je crois qu'elle fera le bonheur de son mari.... Mais, monsieur le chevalier, croyez vous pouvoir faire le sien?... Excusez ma demande. Je n'ai pas

l'honneur de vous connoître ; et ma délicatesse me défend de me mêler d'une chose
si importante pour la fille de mon ami, pour
M. Blandini lui-même, sans avoir quelque
certitude que je concourrai à la félicité des
unset des autres. Priez le ciel de vous éclai-
rer. Tâtez-vous ensuite. Soyez franc avec
vous-même , lorsque vous vous demande-
rez si vous avez les vertus nécessaires pour
que l'Eternel puisse vous trouver digne de
cette tranquillité , de cette paix , de ce bonheur qu'il n'accorde qu'aux unions consa-
crées par la vertu et les bonnes qualités de
l'esprit et du cœur. En attendant le résultat
de cet examen de vous-même, je vais demander au comte d'Angelli , notre ami com-
mun , quelques renseignemens sur votre
caractère , vos mœurs et votre cœur. Quoique jeune , quoique votre ami, il n'osera
me tromper. L'amitié, la reconnoissance ,
l'attachement qu'il conserve pour Anna, lui
imposeroient le devoir de me dire la vérité ,
s'il étoit capable de la trahir.

Voilà, mon cher comte, ma conversation et mes engagemens avec votre ami... J'attendrai votre réponse pour rejeter ou approuver tout ce que M. Blandini me raconte des belles qualités de M. Fanelli. On me force d'être juge dans une affaire délicate, et pour que je puisse remplir ce rôle important avec équité, il faut que je connoisse parfaitement la cause. Songez, mon cher comte, que l'Eternel qui lit jusque dans les plus petits replis de nos cœurs, verra ce que vous allez me marquer sur le compte de votre ami... Si vous n'avez que du bien à m'en dire, parlez; si, au contraire, vous n'avez qu'à m'en dire du mal, taisez-vous. J'entendrai votre silence, et ni vous, ni moi ne serons pas alors obligés de divulguer les défauts et les vices d'un de nos frères.

Je ne vous ai pas écrit, mon cher ami, depuis votre départ de Florence. Votre conduite, votre fuite précipitée d'auprès d'Anna, ne m'ont pas surpris; je m'y attendois même. Je suis content de vous, je ne vous parlerai jamais de délicatesse, ni des devoirs de l'honneur : vos principes ne vous per-

mettront jamais d'y manquer ; mais permettez-moi de vous recommander l'amour de
la vertu et de la religion. Rappelez-vous,
quelquefois, la piété touchante de votre
mère, les exemples qu'elle vous a donnés
dès votre plus tendre enfance, et les sages
maximes dont mon frère a nourri, pendant
long-temps, votre esprit et votre cœur ...
Songez à moi quelquefois. Vous savez que
je vous estime et vous aime... Adieu, mon
cher comte, je prie le Seigneur de vous
bénir.

F. FRANCESCO.

LETTRE XXVII.

Le comte d'Angelli au chevalier Fanelli.

Bordeaux, 8 septembre 1805.

Je coule, ici, des jours bien agréables, mon cher Fanelli, j'oublie quelquefois mes malheurs et ma patrie auprès d'Hortense... Qu'elle est belle! spirituelle!... Les jours, près d'elle, passent comme un éclair. Son père, M. d'Albano, est un homme rare, qui a acquis une grande expérience, et une connoissance profonde du cœur humain. Il a su profiter des erreurs de sa jeunesse pour parvenir à la sagesse; et par des méditations soutenues sur les vicissitudes de la vie, il est parvenu à ce degré d'esprit d'analyse, qui réduit toutes les choses à leur juste valeur. Comme on juge mieux les hommes par leurs principes que par leur écorce, je vais te tracer ici quelques lambeaux des

conversations fréquentes que j'ai avec lui.
Juge l'homme par ses idées philosophiques.

Il y a quelques jours qu'il me disoit:
Qu'est-ce que l'homme, mon cher Maniello?.. l'animal le plus fourbe, le plus méchant et le plus ingrat qui soit dans la nature : l'ambition et l'amour sont le mobile
de toutes ses actions. Les hommes véri-
tablement ambitieux ont beau vouloir paroître vertueux aux yeux de leurs sembla-
bles ; ils ne sont, au fond de l'âme, que des
hypocrites. Le désir de dominer les dévore ;
et pour parvenir au plus haut degré de
puissance, ils usent de tous les moyens que
leur inspirent la ruse et la perfidie... Ont-
ils saisi la supériorité ? la crainte de la perdre les rend durs et impitoyables. Au milieu de leur délire ils se croient immortels ;
mais à peine goûtent-ils le fruit de tant de
peines, de bassesses et de crimes, que la
mort vient les mettre de niveau avec les
êtres les plus abjects... Que reste-t-il d'eux ?
Un peu de terre, et quelques ossemens. Ils
vivront, dit-on, dans l'histoire... Eh ! qu'im-

porte, à leur froide cendre, le souvenir des hommes ?... Qu'on expose sur une table les crânes d'Alexandre, de Platon, de Montaigne et de Montesquieu, confondus avec ceux des gens les plus ineptes et les plus obscurs..... Quelle différence trouvera-t-on ?... Le docteur Gall, avec toute sa science cranologique, sera forcé d'avouer que tous sont faits d'après le même modèle, jetés dans le même moule, et que s'il y a quelque différence entre eux, elle ne peut provenir que de quelque imperfection qui, bien loin d'en rendre l'organisation plus parfaite, ne pouvoit que gêner le principe de vie, obscurcir la raison, et produire des maladies... En vain je cherche la vérité, je n'en trouve que l'ombre... Avouez, mon cher Maniello, que l'esprit humain est une chose bien bizarre... Mais laissons là la philosophie, ne cherchons pas à arriver, en radotant, à la décrépitude. Plus nous savons nous rendre heureux, plus nous sommes sages et savans... Je me tais, et finis par cette grande vérité : *Tout n'est que vanité ici-*

bas, et le premier qui l'a dit étoit un sage :
il n'y a que la vertu qui soit impérissable ;
non cette vertu de convention, qui est,
tour à tour, crime et vertu, suivant les lieux
et les divers préjugés, mais celle qui est
fondée sur le grand principe de la nature :
*Faites à autrui ce que vous voudriez
qui vous fît fait...*

Ainsi parloit M. d'Albano, qui est l'être
le plus tolérant, le plus philosophe que
j'aie connu de ma vie. Sa société est agréable, il est d'un caractère gai, et d'une
grande franchise : il se met toujours au niveau de ceux avec qui il converse ; il est
enfant avec les enfans, jeune et sémillant
avec les jeunes gens, et philosophe avec
ceux qui le sont réellement. Il est très-instruit, et possède plusieurs langues : son Hortense n'a été élevée que par lui. Juge combien elle est raisonnable ! aussi je la respecte autant que je l'aime.. Je n'oserai jamais lui parler de mon amour ; et pourquoi
oublierai-je, auprès du modèle de toutes

les perfections, de toutes les vertus, les
sermens solennels qui ont mis une barrière insurmontable entre elle et moi?....
Hélas! si j'étois, comme toi, libre, j'oserois
aspirer à Hortense, et me livrer à l'espoir
de devenir le plus heureux des hommes.
Mais... ce bonheur m'est à jamais interdit...
Je ne puis même aimer cette angélique créa-
ture, sans commettre un crime... O Fanelli!
lorsque je songe aux liens indissolubles qui
m'unissent à Rosa, mon cœur se brise, le noir
chagrin s'empare de mon âme, et je tombe
dans le désespoir. Ces cruelles réflexions
se présentent souvent à mon esprit au moment où je contemple Hortense qui, s'a-
percevant de mon chagrin, m'en demande
la cause, avec le plus grand intérêt... Hélas! que puis-je lui dire? Une larme brûlante que je tâche de dérober à ses regards,
est le seul aveu que j'ose lui faire... Je suis
bien à plaindre! Mon mal est sans remède,
je suis condamné à souffrir, sans devoir
pousser la moindre plainte. Je profite des

maximes de M. d'Albano; je cherche à
m'étourdir sur mes maux, et à les alléger
par les jouissances de l'âme.

Je vois presque journellement Hortense.
Elle m'a choisi, du consentement de son
père, pour son *sigisbé*. Les devoirs que
m'impose ma nouvelle place, me procurent
un bonheur factice qui calme ma douleur,
et trompe mon cœur. Je suis presque sans
cesse auprès de mon idole, et ma place est
singulièrement enviée par une foule de
jeunes Bordelais, qui cherchent à s'insi-
nuer auprès d'Hortense.

Parmi les *incroyables*, il y a un jeune
fat, d'une tournure assez agréable, mais
mal élevé, qui croit n'avoir qu'à se présenter, et faire quelques pirouettes avec grâce,
pour faire tourner la tête à toutes les femmes. Depuis quelques jours, il poursuit
Hortense aux promenades, aux spectacles,
dans les rues, et jusqu'à la porte de la maison de M. d'Albano. La sage Hortense mé-
prise le ton et les manières ridicules de ce
jeune fat, et cherche, sans affectation, à

éviter sa rencontre. Croiras-tu que cet homme a été assez sot pour lui adresser une épître pleine d'orgueil et de bêtise ?... Il y fait l'éloge de ses prétentions, de sa fortune, comme si Hortense pouvoit en être éblouie. Il n'a, sans doute, jamais lu l'art d'aimer d'Ovide, et les objets de ses amours n'ont été que des femmes méprisables, sans vertu comme sans délicatesse... Enfin, il est ridicule d'une manière incroyable; voilà tout son mérite. Il nous suivit, hier, pas à pas, aux allées de Tourni, et je crois qu'il déclamoit, derrière nous, une élégie qu'il n'avoit pas, à coup sûr, puisée dans les œuvres de Tibulle...... Hortense en souffroit, et M. d'Albano se tourna avec un peu d'humeur, pour considérer cet insolent, qui garda le silence, quelques momens : mais il se mit bientôt à dire, en ricanant, voilà un singulier Argus...Il est bon, le papa! Ah, ah, ah, ah!... Je lui jetai un regard foudroyant; il rougit et finit par se taire. M. d'Albano haussa les épaules; Hortense me serra fortement le bras : elle crai-

gnoît que je ne me compromisse ; mais ce
fat étoit, à mon avis, trop méprisable, pour
qu'il fût digne de ma colère. On en trouve,
dit-on, de pareils dans toutes les grandes
villes de France, et qui ont l'air de détruire,
de fond en comble, la réputation d'urbanité et de politesse que les Français ont acquise auprès des femmes de toutes les nations du monde. Heureusement qu'ils sont
en petit nombre, et que leur détestable
cabale échouera.

Nous quittâmes la promenade, et nous
allâmes visiter une espèce de *Muséum*, situé tout près de là. Nous y trouvâmes un
concierge, qui commença par nous demander de l'argent, pour nous y laisser entrer... Il nous apprit ensuite qu'il étoit le
fondateur et le propriétaire de cet établissement. Il nous donna quelques-uns de ses
prospectus ; M. d'Albano les parcourut, et
me dit ensuite, à l'oreille : je parie que
cet homme est de la race de ceux qui sa-
vent par cœur les comptes de Barème, avant
d'avoir quitté le ventre de leur mère... Cet

établissement n'est pas un monument pure-
ment consacré aux beaux-arts, mais un objet de spéculation.

En effet, ce *Muséum* d'un genre singulier,
ressemble presque à un *Musico* d'Amster-
dam. On y lit les journaux ; on y exécute de
la musique , on s'y abonne pour des séances
publiques , où des demi - savans ennuient
le public de leurs rapsodies. On y donne
des bals.,. Eh! que n'yf ait-on pas , ou que
ne peut-on pas y faire , puisque cet établissement n'est fait que pour produire de l'argent?... Enfin, ce *Muséum* ne renferme
rien de bien curieux : quelques tableaux,
en général assez mauvais ; quelques casos
d'insectes et quelques statues en plâtre....
Voilà, mon cher Fanelli, ce que nous y
remarquâmes. Le concierge-fondateur-pro-
priétaire nous fit l'histoire de quelque in-
secte étranger. M. d'Albano l'écouta avec
attention et lui rendit ample justice pour ses
connoissances en insectologie. Ensuite il
nous parla peinture et sculpture, et nous fit
examiner quelques tableaux, auxquels il

attachoit un grand prix. Hélas ! si ce pauvre homme se connoissoit en histoire naturelle, il étoit bien ignorant en fait de peinture : tu sens bien, mon cher Fanelli, que je lui fis part de mes observations avec franchise. Il fut étonné de ma manière d'analyser un tableau ; et sans doute, pour étayer son avis, il appela un peintre qui se trouvoit là par hasard ; c'étoit un Italien, qui loua beaucoup mon goût et mes connoissances en peinture, et qui applaudit à mes observations, ce qui étonna fort le concierge... Cet artiste finit par m'apprendre qu'il possédoit des tableaux rares et des plus grands maîtres ; il me demanda mon adresse pour me les apporter. Je la lui donnai avec plaisir : que ne ferois-je pas pour voir, à mon aise, un beau tableau !...

Au bout d'une demi-heure, nous sortîmes de ce *Muséum*, et nous fîmes nos remercîmens au fondateur pour sa complaisance. Nous apprîmes qu'il étoit père de famille et peu fortuné. M. d'Albano s'empressa de prendre trois abonnemens qu'il

paya largement, avec le dessein cependant
de ne jamais en profiter.

Aurélio m'annonça, le lendemain, le
peintre Italien. Cet homme m'apporta deux
tableaux de l'école romaine : un peint sur
bois, représentant une *Madona* en pleurs,
et l'autre, une Sainte-Famille. Le premier
étoit un tableau original de Raphaël, et
l'autre, une bonne copie d'après le Corrége.
Il s'aperçut que le premier fixoit mon attention. Je lui demandai où il avoit acheté ce
tableau, il me répondit qu'il l'avoit troqué
pour une mauvaise copie d'un paysage de
Vangoyen ; qu'il avoit employé, pendant
deux ans, toute espèce de ruses pour se le
procurer, et qu'enfin, il y avoit réussi. Je
lui dis alors qu'il avoit commis un vol mani-
feste. Bah ! dit-il, c'est un troc que j'ai fait
et non un vol : je suis marchand, mais honnête homme. Voilà, mon cher Fanelli, les
principes de tous les marchands de tableaux.
Te rappelles-tu ces Anglais, qui vinrent à
Naples, après l'anarchie, acheter les chefs-
d'œuvres de peinture que la populace avoit

dérobés dans les cabinets particuliers ?... Ils offroient un ducat d'un tableau qui en valoit deux mille, et les Lazzaronni les leur cédoient pour un morceau de pain. On assure que les marchands de tableaux sont si roués, à Paris, qu'il y en a peu d'honnêtes. Il y en a même qui ont l'impudence de faire faire des copies des originaux qu'on leur confie, et qui remettent les copies en place des originaux.

Mon peintre Italien vouloit me vendre ses tableaux ; mais je répugnai d'acheter des objets que je regardois comme volés. Il vouloit de mon argent, et pour y réussir, il me montra, avec mystère, une espèce de vase antique, qui renfermoit des pièces d'or, d'argent et de bronze, anciennes, et qui, selon lui, avoit été trouvé dans un antique monument. J'examinai cette prétendue merveille ; mais je découvris bientôt la supercherie de mon homme. Ce vase étoit évidemment moderne ; les pièces antiques qu'il renfermoit, étoient liées avec du mastic, et encroûtées d'un certain vernis dont les

marchands de faux antiques se servent, en
Italie, pour imprimer au bronze cette
teinte verte qu'il n'acquiert que par le laps
du temps... Je le remerciai, le congédiai,
et le consignai à ma porte. Il s'est présenté,
depuis, dix fois chez moi, mais je n'ai plus
été visible pour lui.

Parmi les personnes du voisinage de
M. d'Albano, il y a une veuve qui a une
jolie fille, nommée Clémentine, et qui est
liée d'amitié avec Hortense. Cette veuve,
autrefois riche, maintenant pauvre, est
rongée de chagrin et de maux. Sa santé est
entièrement ruinée; elle est dans la con-
somption. Lorsque sa maladie lui laisse un
moment de tranquillité, elle permet à sa
fille d'aller dîner avec Hortense; et tandis
que je m'entretiens avec M. d'Albano, Hortense et elle vont se promener dans le jardin. Depuis quelques jours, je me suis aperçu que les promenades de ces deux amies
étoient plus fréquentes, et leurs entretiens
secrets plus longs. Hier Hortense est revenue du jardin, les yeux rouges; elle parois-

soit avoir pleuré, et Clémentine plus sé-
rieuse qu'à l'ordinaire, me regardoit avec
plus d'attention... Je me suis approché
d'Hortense, je lui ai demandé, avec le plus
tendre intérêt, ce qu'elle avoit ; elle m'a répondu, d'un ton triste : « Je ne suis pas bien
aujourd'hui, j'ai causé avec Clémentine,
d'un sujet qui m'a fait pleurer... J'ai l'âme
malade... mais ce ne sera rien... je vous remercie de votre attention ». J'ai voulu savoir de Clémentine ce qui avoit tant af-
fecté Hortense ; mais elle s'est refusée à me
l'apprendre... Pourquoi ce silence ?... pourquoi ce mystère ? me suis-je dit... Hortense ! Hortense ! Je tremble, mon cher
Fanelli, qu'elle n'ait lu dans mon cœur...
Que deviendrois-je si elle connoissoit tout
l'amour qu'elle m'inspire, et si son cœur
alloit être la victime du silence que j'ai
gardé sur mon mariage ?... Je suis revenu,
comme un égaré, auprès de Clémentine.
J'ai réitéré ma prière, mais elle s'est obsti-
née à garder le silence. J'ai versé, malgré
moi, quelques larmes ; Clémentine n'y a pas

10.

tenu... Vous êtes bien pressant, m'a-t-elle dit... Eh bien, sachez que si mon amie a des chagrins, c'est vous qui en êtes la cause. — Moi, ô ciel !... qui l'adore, je la rendrois malheureuse ?.. — Oui, vous... et puisque vous l'aimez, que ne le lui dites-vous ?...

La foudre ne m'auroit pas plus frappé de terreur, que ces paroles de Clémentine !.. J'avois déjà fait un aveu indiscret et inutile : j'en étois tout honteux... J'avois presque la certitude d'être aimé d'Hortense.. J'étois la cause des malheurs auxquels elle alloit être livrée... Que va devenir Hortense, me disois-je, lorsqu'elle va apprendre que l'honneur, la religion et les lois, s'opposent de concert, au tendre penchant qui l'attire vers moi ?... Mais comment le lui apprendre ?... En est-il encore temps ?... Oh non, sans doute ; je porterois un coup mortel à son cœur, en l'instruisant de mon mariage, dans ce moment. Laissons au temps le soin de faire naître une occasion favorable de faire cet aveu. Voilà la suite de ma malheureuse étoile... Je dois être non seulement

malheureux, mais encore porter le désespoir dans le cœur de l'objet de mon amour.
Barbare destinée ! O Rosa ! que n'es tu encore dans le néant!... Plains ton pauvre
ami, ô Fanelli! il est le plus malheureux
des hommes.

Adieu.   D'ANGELLI.

LETTRE XXVIII.

*Le comte d'Angelli au chevalier Fa-
nelli.*

Bordeaux, 24 septembre 1805.

J'ATTENDS à tout instant de tes nouvelles, mon cher Fanelli, le vénérable Père
Francesco a reçu sans doute ma réponse à
sa lettre ; tu vas m'apprendre ton bonheur,
j'en suis certain. M. Blandini s'empressera
de faire la félicité de son Anna , et le padre
Francesco sanctifiera ton union avec elle.
Aucun obstacle ne doit s'opposer à ton mariage... Anna!... Fanelli!... soyez unis!...

que votre bonheur soit comme un jour
sans nuage! Soyez la consolation des vieux
ans du respectable M. Blandini!... Dites-
lui bien souvent que je fais des vœux bien
étendus et bien sincères pour sa félicité et
pour celle de ses enfans.

Tandis que tu es au comble du bonheur, mon cher Fanelli, je suis dans l'af-
fliction la plus cuisante. Non... non... il
n'est plus de bonheur pour ton ami... Hortense languit... elle brûle d'un amour violent... M. d'Albano me parle sans cesse
d'une sympathie secrète qui l'attache fortement à moi... Il m'accable de caresses... Ah!
s'il savoit que j'ai empoisonné la source de
sa vie, en rendant son Hortense victime
d'une passion malheureuse, il me rejetteroit
loin de son sein... Lorsqu'il me regarde,
avec attention, je tremble qu'il ne lise dans
mon âme, mon amour, ma honte et mes
remords... Quel parti prendre dans une
circonstance si délicate?... Fuir? hélas!
je n'en ai plus la force.

Je reprends le fil de mon histoire. A peine

Clémentine eut-elle quitté la maison de
M. d'Albano, que je tombai dans une profonde tristesse. Ses dernières paroles, qui
retentissoient encore à mon oreille, m'a-
voient anéanti. Je pris la résolution de m'é-
loigner à jamais de la maison de M. d'Albano; inutile projet!... Je fis cependant
quelques pas, avec effort; mais une force
invincible me retint. Hortense s'aperçut
de ma vive agitation... Elle m'en demanda
la cause... Laissez, lui dis-je, laissez, belle
Hortense, un malheureux accablé par la
douleur. Mes chagrins sont au-dessus de
mes forces... Permettez que je fuie loin de
ces lieux. — Pourquoi, me répondit-elle,
voulez-vous fuir des amis qui vous aiment
bien sincèrement?... Je la regarde ; une
larme baignoit sa paupière : son visage déceloit l'émotion de son cœur... J'allois m'oublier, et tomber à ses pieds, pour lui jurer
un amour éternel, lorsque M. d'Albano
rentra dans le salon. Voilà, lui dit Hortense, M. Maniello qui n'est pas bien... Il
souffre... il est agité... — Qu'avez-vous

donc ? me dit M. d'Albano. Je prétextai
une migraine ; il m'engagea à passer la soirée chez lui, et à ne me rendre que le lendemain à Bordeaux ; je le remerciai, et refusai son offre. Avant de me rendre chez
moi, j'allai faire une visite à la mère de Clémentine, comme cela m'arrivoit quelquefois. On aime les amis de ses amis ; je trouvai Clémentine sur la porte de son jardin :
elle m'apprit que sa mère reposoit. Je la
priai de m'expliquer les dernières paroles
qu'elle m'avoit dites chez M. d'Albano.
Nouveau refus de sa part. Je vous en ai
trop appris, peut-être, me répondit-elle...
J'ai commis une imprudence. — Oh non ! lui
dis-je. Croyez que je suis incapable d'en
abuser, et vous pouvez compter sur ma dis-
crétion. Je la supplie de nouveau ; elle a
pitié de mon agitation, et me dit : « Je ne
conçois rien à votre trouble, à vos alar-
mes !.. Si vous étiez le bien aimé d'Hortense, seriez vous tant à plaindre ?... Heureux mortel ! sachez qu'elle vous aime éperdument depuis l'instant qu'elle vous a vu

au spectacle avec la famille du caissier de M. de Grammont. Elle a lutté, pendant long-temps, contre ce tendre sentiment, mais en vain. Elle vous croit insensible à son amour : elle se désespère, parce qu'il lui est impossible aujourd'hui de se contraindre... Vous m'avez forcée de révéler ce secret qui n'est pas le mien. Si jamais vous êtes assez lâche pour en profiter ou me compromettre, je vous mépriserai éternellement.. » — Ne craignez rien, ô bonne Clémentine ! ce que vous venez de m'apprendre, sera toujours un secret .. La grâce que je vous prie de m'accorder, c'est de laisser ignorer à Hortense la confidence que vous venez de me faire ; elle me le promit sans peine, et je partis.

Voilà, mon cher Fanelli, une nouvelle série de malheurs que je vais parcourir.... que vais-je devenir ? quelle idée ce bon M. d'Albano va-t-il avoir de ma délicatesse, lorsqu'il va tout apprendre ?... Je voudrois être au milieu des glaces du Mont-Blanc, ou au fond des gouffres du Vésuve...

Mille fois j'ai été tenté de m'écrier : M. d'Albano ! Hortense ! apprenez mes malheurs !..
je suis époux et père !... mais toujours ma langue s'est refusée à cet aveu... à quoi serviroit-il aujourd'hui !.. L'amour le plus violent consume Hortense.... le langage de la raison seroit impuissant pour l'éteindre, et c'est moi !... moi ! proscrit de la nature entière... moi, époux et père, qui viens d'allumer, dans le plus chaste sein, une flamme criminelle, et la passion la plus tyrannique !... Mon propre cœur n'éprouve-t il pas tous les feux d'un amour adultère ! Lien fatal ! sermens téméraires ! que vous me faites souffrir aujourd'hui !... Le sommeil, mon cher Fanelli, a fui de ma paupière ; je passe les nuits dans une agitation cruelle, et s'il arrive que je sois affaissé par l'inquiétude et que je sommeille, des songes affreux et sinistres viennent me retracer encore mes malheurs. Je crois quelquefois voir Hortense dévorée par une flamme ondoyante. Je cherche à la sauver ; alors la même flamme s'empare de moi ; elle nous en-

toure; nos cris, nos plaintes se confon-
dent.... Hortense m'accuse de ses malheurs;
elle me maudit, et je m'éveille en sursaut,
tout couvert de sueur....

Le lendemain du soir de la confidence
de Clémentine, il me fut impossible de
quitter mon lit : ma foiblesse étoit si grande,
qu'elle ne pouvoit me permettre de faire
un pas.... je demeurai trois jours comme
cloué dans ma chambre. Je m'applaudissois
de ma foiblesse, qui me servoit mieux que
ma santé, pour m'éloigner d'Hortense;
mais mon cœur la maudissoit; aussi dès
que je pus supporter la voiture et marcher,
je me rendis bientôt chez M. d'Albano...
Hélas! Hortense, aussi agitée que moi et
plus délicate, étoit malade; elle n'avoit
pu résister au choc violent qu'elle avoit
éprouvé, le dernier soir que je l'avois vue,
ni supporter mon absence; elle étoit encore dans son lit, lorsque M. d'Albano
m'apprit son indisposition. Une de ses
femmes lui annonça mon arrivée, et malgré sa foiblesse, elle se leva, et vint dans

le salon où j'étois avec son père : sa présence
me jeta dans un trouble extrème ; elle trem-
bloit elle-même, e˙ nous fûmes mutuellement
frappés de notre pâleur et de notre abatte-
ment : on eût dit que nous eussions partagé
nos chagrins et notre insomnie.... M. d'Albano nous regarda avec attention, et nous
considéra long-temps. On auroit dit, à son
air, qu'il savoit tout ce qui se passoit dans
nos cœurs....

Enfin M. d'Albano, ayant embrassé sa
fille, me prit sous le bras, et me conduisit
dans le jardin. Après avoir fait quelques
pas, sans mot dire, il se tourne brusque-
ment de mon côté, me regarde en face, et
me dit alors : « Je vous écoute.... allons,
parlez !... du courage, mon ami ». Etonné
de ce préambule, je suis sans parole ; il
insiste en me disant : « Eh, mon cher Maniello ! me croyez vous assez peu clairvoyant
pour ignorer que vous avez une confidence
à me faire ? Allons, mon ami, un peu de
hardiesse !... » Je l'embrasse, mes yeux s'i-
nondent de larmes, ma voix est suffoquée...

— En vérité, mon cher Maniello, vous êtes un singulier amoureux !... faut-il que ce soit moi qui vous présente la main de ma fille ?... Il y a déjà quelque temps que je connois votre amour pour mon Hortense, et je crois m'être aperçu qu'elle vous aime un peu. Voilà un aveu de ma part, qui doit vous donner du courage, et vous devez m'estimer assez pour être convaincu que, si je n'avois pas vu avec plaisir vos sentimens mutuels, j'aurois pris des moyens pour les étouffer dès leur naissance.... — Il seroit inutile, M. d'Albano, de vous cacher que j'aime la belle Hortense jusqu'à l'idolâtrie. La première fois que je l'ai vue, j'ai ressenti tous les effets de la plus grande sympathie.... mais je puis vous attester que je n'ai jamais été assez présomptueux pour lui faire connoître l'amour violent qu'elle m'a inspiré.... — Elle l'a donc deviné ? — Je l'ignore. — Hortense ! Hortense ! s'écrie alors M. d'Albano ; viens ici, nous avons besoin de toi... viens te promener avec nous ; nous parlons d'une affaire qui te regarde....

Ce bon et loyal M. d'Albano rioit de
plaisir de se voir entre sa fille et le jeune
homme qu'elle aimoit. Hortense s'approche ; son père lui tend la main, et lui dit :
« Ma fille, je te prie de ne pas m'en vouloir , si j'ai deviné et divulgué le secret
de ton cœur... Vous vous aimez tous deux
continua-t-il en nous regardant , et faut-
il que ce soit moi qui vous l'apprenne ?...
Vous ne vous êtes encore fait aucun aveu,
et pourquoi ?... mes enfans ! apprenez qu'on
ne doit rougir que du crime ; l'amour est
un sentiment naturel ; il convient à la jeunesse de l'éprouver, de l'exprimer : j'ap-
prouve d'avance les élans de votre cœur.
Prenez-moi pour votre confident, je vous
défie de trouver un meilleur ami que moi...
Eh bien Hortense ? tu fais comme M. Maniello, tu gardes le silence ?.. — Ah papa !..
puisque vous lisez si bien dans mon cœur,
connoissez-vous aussi bien les sentimens de
M. Maniello ?.. — Oui, ma fille, il vient
de m'avouer qu'il t'aime... qu'il t'adore... »
Alors Hortense se tourne de mon côt ,

comme pour en chercher la confirmation dans mes yeux, mais elle n'y voit que douleur, que trouble. —Oh papa! s'écria-t-elle, M. Maniello est bien loin d'éprouver pour moi ce... « Je me jette alors avec précipitation à ses pieds, et je m'écrie, malgré moi : Hortense! divine Hortense! il est vrai que je vous aime éperdument; mais... jamais je n'ai osé manifester mon amour, dans la crainte de... » — Allons, dit M. d'Albano, en m'interrompant avec vivacité, relevez-vous, mon cher Maniello, vous voilà d'accord, pourvu qu'Hortense finisse son aveu... — Oui, papa, puisque vous me permettez de vous avouer mes sentimens pour M. Maniello, je vous dirai que j'estime beaucoup monsieur. — Et rien de plus ? — Et que je l'aime. — A la bonne heure, le mot est clair. Eh bien, mes enfans, vous vous aimez donc ? et moi aussi, je vous chéris de toute mon âme. Puisque le grand aveu est fait, et en présence de celui qui a le droit de l'approuver, je prierai M. Maniello de me donner quelques renseignemens sur sa famille et sa position, chose que je n'aurois jamais osé lui demander dans d'autres circonstances : à en juger, d'après ses principes et son éducation, je suis assuré, d'avance, qu'ils rempliront mes vues. — Oh M. d'Albano! lui répondis-je, je n'ai que des malheurs à vous apprendre... Mon émotion est dans ce moment trop forte, pour me permettre de vous en instruire. — Eh bien, mon cher enfant, demain, après demain, quand vous voudrez enfin... à votre aise...

On annonça que le dîner étoit servi, Hortense s'appuia sur mon bras, et moi, sur celui de M. d'Albano, pour aller à la salle à manger. J'étois comme stupéfait de la rapidité de la scène importante qui venoit d'avoir lieu. Je cherchai à écarter de mon esprit toute idée du récit que j'avois promis de faire à M. d'Albano. Je ne songeai qu'à jouir quelques momens de l'erreur du père et de la fille, que ma délicatesse m'ordonnoit de détruire. J'osai oublier mes liens avec Rosa, pour jouir de la présence d'Hortense qu'on alloit sans doute m'interdire ; et pour prolonger une illusion qui alloit bientôt s'évanouir, je pris un peu sur mes chagrins et sur ma timidité naturelle. Je fus assez gai toute la journée. Hortense fut d'une folie douce et charmante... mais sa joie trompeuse qui devoit se changer bientôt en une profonde tristesse, déchiroit de plus en plus mon cœur en secret.

Au moment de mon départ, M. d'Albano me prit la main et l'unit avec celle de sa fille. Aimez-vous, mes enfans, nous dit-il, soyez unis comme la vigne et l'ormeau ; que la mort seule puisse vous séparer. Alors un saisissement affreux s'empare de moi ; l'idée de tous mes malheurs vient se présenter à mon esprit. J'essaie de recueillir mes forces pour instruire M. d'Albano de mon mariage avec Rosa... mais... soit honte, amour, ou foiblesse... ma langue demeura comme paralysée. En m'embrassant, le père d'Hortense me dit, les larmes de la joie au bord de la paupière : Je vous préviens que vous êtes maintenant mon fils... que ma maison est la vôtre... Un penchant secret me porta à vous aimer, vous le savez, dès le premier instant où je vous vis... je vous ai étudié, et votre esprit, votre caractère et votre cœur, ont parfaitement justifié cette sympathie : je vous aime...

Je jetai un regard bien tendre et bien douloureux en même temps sur Hortense. Hélas ! c'étoit vraisemblablement pour la dernière fois qu'elle me voyoit sans honte et sans remords ...

O Fanelli, que vont devenir l'honneur, la probité, la délicatesse de ton ami ?... Déjà j'entends leur voix s'unir, s'élever dans mon âme, et invoquer la pointe acérée du remords le plus cruel,.. N'importe... malgré mon amour, malgré ma honte, M. d'Albano saura bientôt que je suis époux et père, et connoîtra toute l'étendue de mes malheurs. Aveu trop tardif, sans doute ; mais l'honneur me le commande d'une voix impérieuse. Je lui obéirai. Adieu.

D'Angelli.

FIN DU TOME PREMIER.

www.ingramcontent.com/pod-product-compliance
Lightning Source LLC
Chambersburg PA
CBHW051525050726

47503CB00014B/1478